불량한 주스 가게

푸른도서관 85

불량한 주스 가게

초판 1쇄 2022년 4월 20일 | 초판 2쇄 2023년 12월 15일

지은이/유하순
펴낸이/신형건
펴낸곳/(주)푸른책들 등록/제321-2008-00155호
주소/서울특별시 서초구 양재천로7길 16 푸르니빌딩 (우)06754
전화/02-581-0334~5 팩스/02-582-0648
이메일/prooni@prooni.com 홈페이지/www.prooni.com
인스타그램/@proonibook 블로그/blog.naver.com/proonibook

글 ⓒ 유하순, 2022

ISBN 978-89-5798-667-7 03810

＊잘못된 책은 구입한 곳에서 바꾸어 드립니다.
＊이 책 내용의 일부 또는 전부를 재사용하려면 반드시 저작권자와
(주)푸른책들 양측의 서면 동의를 얻어야 합니다.

 (주)푸른책들은 도서 판매 수익금의 일부를 초록우산 어린이재단에 기부하여
어린이들을 위한 사랑 나눔에 동참합니다.

유하순 지음

푸른책들

차례

불량한 주스 가게 • 7

올빼미, 채널링을 하다 • 35

야간 자율 학습 • 71

뚱보군과 도넛 • 105

폭풍 속 하이재커 • 125

작가의 말 • 150

불량한 주스 가게

"내일부터 며칠 여행 다녀올 거야."

엄마한테 그 말을 들었을 때 속으로 쾌재를 불렀다. 지겨워지던 참이었다. 진종일 게임을 하다, 밤에 엄마가 들어오는 기척이 나면 자는 척하는 생활이.

"가겐 어쩌고?"

엄마는 추석, 설날을 빼곤 쉬는 법이 없었다.

"네가 맡아야지."

그 말에 나는 얼굴을 찌푸렸다. 마치 엄마가 내준 오렌지 주스가 시어서 그러는 것처럼 말이다.

"허, 말도 안 돼. 그 소리 하려고 불러냈어?"

물에 헹군 유리잔에 마른행주질을 하던 엄마 손길이 뚝 멈췄다. 나를 휙 돌아보는 엄마 얼굴은 오늘따라 십 년은 더 늙어 보였다. 부은 건지 아니면 화장이 뜬 건지…….

"난 못 해."

나는 주스 잔을 카운터 테이블 위에 내려놓았다. 유리잔 속 얼음 조각들이 짤랑 소리를 냈다.

"왜 못 해?"

"그냥 알바 써. 내가 무슨 주스를 팔아. 모양 빠지게."

"모양이 빠져?"

엄마는 행주를 쥐어짰다. 물방울이 개수대 위로 투두둑 떨어졌다. 엄마가 그렇게 비틀어 짜고 싶은 건 분명 나일 것이다.

"정학 맞은 건 모양 안 빠져? 알바를 왜 써! 펑펑 노는 일손 있는데!"

철퍼덕, 엄마 손에 있던 행주가 개수대 위로 패대기쳐졌다.

"아 씨, 여행을 왜 꼭 지금 가야 해! 날이 쇠털처럼 많고만."

"엄마가 생전 처음 하는 부탁이야. 좀 들어주면 안 돼?"

"아, 진짜!"

왈칵 짜증이 밀려왔다. 자리를 박차고 일어나 옆 테이블 의자에 하이킥을 날렸다.

"왜 자꾸 귀찮게 해! 싫어. 안 한다고!"

엄마는 말을 잊은 듯 저만큼 나가떨어진 의자를 바라보았다.

"여행을 가든 말든 맘대로 해! 난 모르니까."

씩씩대며 나오다 가게에 들어오던 사람들과 부딪쳤다. 옆 병원 인턴들이었다. 엄마 주스 가게는 병원 건물에 붙어 있었다.

밖은 몹시 뜨거웠다. '불량한 주스 가게'라고 굴림체로 한 껏 멋을 내서 써 놓은 간판을 보니 더 열불이 났다. 처음에 그걸 보고는 황당해서 물었다.

"엄마, 왜 하필 저 이름이야?"

"글쎄……. 요즘 불량이란 말이 자꾸 친근하게 느껴져서 말이야."

묘한 얼굴로 빙글거리던 엄마 얼굴이 떠올랐다. 한 방 먹은 것 같던 기분도.

무작정 걷기 시작했다. 가능한 한 빨리 엄마 가게와 병원이 있는 이곳을 벗어나고 싶었다. 어디로 갈까? 잠깐 상후와 민기가 생각났지만 그냥 집 쪽으로 발걸음을 옮겼다.

워드에 반성문을 쓰고 있는데 현관문 여는 소리가 났다. 컴퓨터 하단에 표시된 시간을 보니 새벽 한 시. 평소보다 늦은 귀가였다.

선생님, 죄송합니다. 부끄럽게 생각하며 마음 깊이 반성하고 있습니다. 아무리 오해가 있었다 해도 폭력을 써선 안 되는 거였습니다.┘

반성문 쓰는 노하우는 빠삭하다. 잘못을 뼈저리게 뉘우치고 있다는 멘트를 곳곳에 박아 주면 된다. 단, 변명을 주절주절 늘어놓아 상대의 화를 돋우는 일은 피해야 한다. 어찌됐든 날마다 A4 용지 두 장을 채우는 건 고역이었다. 반성문을 쓰고 있자니 새삼 중현이 자식을 향한 분노가 뭉글뭉글 피어올랐다. 너 기다려라. 한 번 더 발라 줄 테니까. 나는 손가락 마디를 으드득 꺾었다. 코뼈 부러진 정도 갖고 정학을 먹인 담임도 재수 없기는 마찬가지였다. 설사 우리들이 화장실에서 담배를 나눠 피우다 걸린 전과가 몇 번 있었다 해도 이건 너무 심한 처분이었다.

담임한테 반성문을 전송하고 다시 몬스터 사냥을 시작했다. 구질구질한 마음을 씻어 내는 데 게임만한 게 있을까.

출출해져서 자판 두드리던 손을 멈췄다. 부엌으로 가면서 보니 엄마가 방문을 활짝 연 채 가방을 싸고 있었다. 못 본 척 고개를 돌렸다. 붙박이 벽장 앞에서 컵라면이 좋을까, 사발면이 좋을까, 잠시 고민했다. 밤을 새우려면 배가 든든해야겠지? 사발면을 꺼냈다.

"갔다 올게."

다음날 아침, 엄마가 내 방 문을 열고 말했다. 하지만 나는 컴퓨터 화면에서 눈을 떼지 않았다. 현관문이 쿵, 닫히는 소리를 들었을 때에야 용돈이 떨어진 게 생각났다. 아아, 젠장.

엄마가 나간 후에 도저히 졸음을 참을 수 없어 침대로 기어들어갔다. 휴대폰 벨소리에 깨어나 보니 오후 세 시가 넘어 있었다. 몽롱한 정신으로 전화를 받았다.

"당구장이야. 중요한 의논 있으니까 나와."

상후는 일방적으로 전화를 끊었다.

'짜식, 왜 명령조야.'

불쾌한 생각이 들었다. 올 봄, 고등학교에 올라와 상후와 가까워지던 때가 생각났다.

상후는 주먹이 세고 허우대가 좋았다. 같이 다니면 나까지 뽀대가 나는 것 같아 으쓱해졌다. 녀석은 내가 담임 수업 시간에도 '전혀' 상관 않고 초지일관 엎어져 자는 모습이 소신 있어 보여 끌렸노라고 했다. '수업 시간엔 자야 제 맛이지.' 난 구태여 수업 내용을 알아들을 수 없어서 잔 것뿐이라고 털어놓진 않았다. 중현이와 민기가 연이어 우리 무리에 들어

왔다. 초대박 쫄쫄이로 줄여 입은 교복 바지, 탈색 흔적이 남아 있는 머리, 중현이는 첫눈에 봐도 순 날라리였다. 민기는 작지만 다부졌다. 우리는 이른바 잘나가는 패거리가 되었다. 하루하루가 상큼 달달했다. 아무것도 거칠 게 없었다.

그날, 우리는 여름 방학이 끝난 기념으로 나이트를 가기로 했다. 각자 가진 돈을 털어 보니 제대로 놀려면 부족할 것 같았다. 삥을 뜯자는 말이 나왔다. 값나가는 가방에 운동화, 비리비리해 보이는 중딩 하나를 발견하고 뒤를 쫓았다. 녀석이 돈이 없다고 버티자 상후가 바지 주머니에서 커터 칼을 뽑아 들었다.

"얼마나 잘 드는지 보여 줘?"

상후는 중딩 녀석을 벽으로 몰아붙였다. 가슴에서 둥둥 북소리가 났다. 다리가 저절로 후들거렸다. 민기는 태연히 웃으며 중딩이 움직이지 못하게 꽉 붙들었다. 날카로운 칼끝에 중딩 녀석의 교복 단추가 톡톡 떨어져 나갔다. 그때 중현이와 눈이 마주쳤다. 녀석은 질린 듯 얼굴에 핏기가 없었다. 나는 겁쟁이가 되기 싫었다. 상후와 민기를 쫓아 킬킬 웃는 시늉을 했다. 중딩 녀석이 질질 짜며 학원비 봉투를 내놓았다. 뜻밖의 수확이었다. 중딩을 보낸 뒤 돌아보니 중현이가 없었다.

그 일 이후 중현이는 우리를 피했다. 어느 날 우리는 녀석을 운동장 구석으로 데려가 에워쌌다.

"나, 너희랑 안 맞는 거 같다."

녀석은 결심한 듯 우리를 건너다보며 입을 열었다. 그래도 한땐 '우리'였는데, 녀석은 이제 '너희'라며 우리를 마치 송충이 보듯 했다. 기분이 더러워졌다. 그날 방과 후에 우리는 중현이를 학교 근처 빌라의 지하 주차장으로 끌고 갔다. 그곳은 우리가 가끔 숨어서 담배를 피던 곳이었다. 녀석은 각오하고 있었는지 그다지 저항하지 않았다. 속이 더 뒤틀렸다. 코로 입으로 피를 질질 흘리는 녀석을 보면서도 우리는 주먹질과 발길질을 멈추지 않았다.

한참 동안 그러고 있는데 누군가 층계를 내려오는 소리가 났다. 뒤이어 휴대폰 카메라로 사진을 찍는 소리도 들렸다. 보통 우리가 몰려서서 담배를 피우면 사람들은 눈이 마주칠 새라 피하기 바빴는데, 그 뽀글머리 아줌마는 달랐다. 우리들로서도 중현이로서도 불운한 일이었다. 그 아줌마만 끼어들지 않았으면 우리는 그곳에 녀석을 팽개쳐 둔 채 영화라도 보러 갔을 것이고, 중현이는 집에다 층계에서 굴렀다고 하면 그만이었을 테니까. 우리는 꼼짝 없이 걸려들었다. 무기정학이었다.

문을 열자 담배 연기가 자욱했다. 당구장 안은 사람들이 내는 말소리와 당구공끼리 통통 부딪치는 소리로 시끄러웠다. 두리번거리고 있었더니 민기가 손을 흔들었다. 함께 무기정학을 당한지 사흘째. 휴가라도 온 듯 여유 있게 당구를 치고 있는 상후와 민기, 두 녀석을 보자 풀썩 웃음이 나왔다. 나는 샌들을 끌며 건들건들 그쪽으로 향했다.

상후가 말한 중요한 의논이란 오토바이 날치기에 대한 것이었다.

"우리들은 그냥 오토바이를 빼앗기만 하면 돼. 나머진 그 형이 처리할 거야."

상후는 몹시 흥분해 있었다.

"뺏긴 자식들이 경찰에 신고하면 어쩔 건데?"

내가 묻자 상후는 느물대며 웃었다.

"문제없어. 면허 없는 놈들 것만 뺏을 거니까."

민기는 그 선배를 믿을 수 있는지 불안해했다.

"걱정 마. 의리 하나는 끝내주는 형이니까. 너희 날 그렇게 못 믿어?"

상후는 인상을 팍 썼다. 그 일을 제안한 건 상후 중학교 선배였는데 나도 한두 번 얼굴을 본 적은 있었다. 그는 폭행과 도벽으로 경찰서에도 몇 번 드나들었고 작년에 학교도 때려

치운 모양이었다.

"야, 이건호! 너도 같이 하는 거지?"

민기는 이미 마음을 정한 듯했다. 담임은 우리가 정학을 맞던 날 협박하듯 말했다. '너희 다음에 또 걸리면 퇴학이야!' 눈앞에 폼 나는 불량과 살벌한 폭력을 가르는 선이 보이는 듯했다. 나는 알 수가 없었다. 내가 그 선을 넘기 원하는지, 어떤지.

그때 왜 갑자기 중현이 눈빛이 떠올랐을까. 주먹질과 발길질을 이 악물고 참아 내던 녀석의 눈빛! 먹구름이라도 낀 듯 마음이 찌뿌드드해졌다.

한 판 정도는 이길 줄 알았는데 내리 세 판을 졌다. 우리가 내기 당구를 하는 동안 상후가 데려온 계집애는 생글생글 웃으면서 감자 칩, 조미 오징어, 캔 음료 따위를 쉬지 않고 먹어댔다. 우리가 시켜 먹은 자장면 값까지 합쳐서 4만 원이 넘었다. 상후와 민기도 돈이 없다고 잡아뗐고 외상도 안 통했다. 혹시 가게에 가면 돈이 있지 않을까!

터덜터덜 가게로 갔다. 불빛이 환한 꽃집과 약국 사이에서 엄마 가게만 불이 꺼져 있었다. 스산해 보였다. 엄마와 내 생일을 조합해 만든 비밀번호를 눌러 도어록을 열었다.

조리대 위에 깨끗이 씻어 놓은 믹서 두 대, 하얗게 빨아 널

어놓은 행주, 반들반들 윤이 나는 마룻바닥, 가게 안은 말끔히 정리돼 있었다. 지난밤 구석구석 대청소라도 한 모양이었다.

금고엔 한 푼도 들어 있지 않았다. 투덜거리며 돌아서는데 카운터 테이블 위에 노트가 보였다. 집어 들자 뭔가가 툭 떨어졌다. 현금 카드와 메모지였다. 그럼 그렇지! 카드를 만지작거리며 메모를 읽어 내려갔다.

> 사과하고 바나나가 거의 다 떨어졌어. 장 좀 봐. 카드는 꼭 시장 볼 때만 써. 노트에 주스 레시피 정리해 뒀어. 주스마다 들어가는 재료나 양이 다른 거 알지? 날마다 폐점 전에 매출 장부 정리하는 거 잊지 말고. 임금은 시간당 3천 원. 오케이? 참, 주스 만들기 전에 꼭 손 빡빡 씻기다?

시급 3천 원? 엄마가 아니고 마녀라니까. 나는 메모지를 구겨 던졌다. 달랑 현금 카드 한 장 남기고 떠나면서 다른 용도로는 사용하지 말라고? 일을 안 하면 용돈은 없다는 거지. 중학교 땐 정 용돈이 아쉬우면 가게에 나와 카운터 일을 돕기도 했다. 하지만 이젠 그때 그 호락호락하던 내가 아니었다.

잔고가 얼마나 되는지 확인부터 하고 싶었다. 엄마 가게를

불량한 주스 가게 17

나와 병원 내에 있는 편의점으로 갔다. 현금 지급기에 카드를 밀어 넣고 있을 때였다.

"혹시, '불량한 주스 가게' 사장님 아들?"

토마토 주스 병을 들고 계산대 앞에 있던 간호사 하나가 기웃거리며 다가왔다. 말을 거는 게 성가셔서 퉁명스레 대답했다.

"네. 그런데요."

"맞구나! 전에 본 적 있어요. 나 거기 주스 중독이거든. 휴, 사장님 퇴원할 때까진 참아야지 뭐. 또 봐요."

'이윤선'이라고 써진 이름표를 단 간호사는 손을 흔들어 보이고 돌아섰다. '퇴원'이라니? 내가 잘못 들었나. 그런데 엄마가 여행을 어디로 간다고 했더라? 멍 때리고 서 있었더니 현금 지급기가 제한 시간이 지났다고 경고음을 냈다.

편의점을 나와 간호사실까지 오십 미터도 안 되는 거리가 천 리처럼 느껴졌다.

"결석이 작으면 수술 안 하고도 치료가 가능한데, 학생 어머니는 좀 큰가 봐. 수술이 내일로 잡혀 있네."

수술? 머릿속이 하얗게 비는 것 같았다. 이윤선 간호사가 내민 메모를 받으며 멍하니 되물었다.

"수술이라고요?"

"심각한 수술은 아니야."

그 목소리가 아득하게 들렸다. 3년 전, 아빠 수술을 앞두고도 병원에선 간단한 수술이라고 했었다. 그러나 아빠는 수술 후 의식을 회복하지 못했다. 특이 체질이라고 했다.

처음엔 아빠가 죽었다는 게 믿기지 않았다. 지금도 가끔 실감이 안 난다. 특이 체질이라니. 아빠는 왜 그리 운이 없었을까? 왜 우리 가족만 그런 일을 당해야 했던 거지? 억울하고 분했던 기억이 되살아났다. 뭔가가 가슴을 무겁게 짓누르는 것 같았다.

책상 위 전화기가 울렸다. 나는 목례를 하고 간호사실을 나왔다. 아빠 수술 때는 엄마가 수술 동의서에 사인을 했다. 엄마 수술 동의서엔 누가 사인을 했을까? 조용한 복도에 내 샌들 끌리는 소리가 크게 울렸다.

창턱에 놓인 군청색 여행 가방 덕분에 엄마 자리를 금세 찾았다. 엄마는 똑바로 누워 눈을 감고 있었다. 4인용 병실 안은 면회 온 사람들과 간병인들로 북적였다. 엄마 곁에도 간병인으로 보이는 아줌마가 텔레비전에 정신이 팔린 채 앉아 있었다.

나는 병실 앞에서 머뭇거렸다. 엄마한테 가야 할지 말아야 할지 판단이 안 섰다. 돌아서며 생각했다. 엄마가 먼저 거짓

말을 했으니 나도 모르는 척해 주겠어. 그게 서로에게 공평한 거야.

병원을 나오기 전에 다시 간호사실을 찾았다.

"엄마한테 내가 알게 된 걸 알리지 말아 주세요."

이윤선 간호사는 우리 모자가 콩가루 사이임을 눈치챘는지 어색한 미소를 날리며 말했다.

"휴대폰 번호 알려 주고 가요. 혹시 모르니까."

문득 정신을 차리고 보니 횡단보도 신호등의 파란 불이 깜박이고 있었다. 중간도 못 가서 불이 바뀌었지만 나는 서두르고 싶지 않았다. 택시 한 대가 빵빵대며 나를 피해 갔다. 멈칫, 뒤로 물러섰다. 중앙선 위에 꼼짝 없이 서 있게 됐다. 전조등을 밝힌 차들이 모두 내게로 달려드는 것 같았다. 기분이 거지 같았다. 여행 간다고 거짓말을 했으면 들키지나 말던지. 삼류 드라마 찍나? 줄지어 달려오는 불빛들을 눈이 아프도록 노려봤다. 문자가 오지 않았으면 두 눈이 잠자리 눈처럼 터져 버렸을지도 모른다.

―언제까지 여기서 죽쳐야 되는 거야!

상후였다. 그제야 두 녀석이 당구장에서 기다리고 있는 게 생각났다.

―알아서 해결해. 나중에 갚을게.

글자를 찍어 보내고 전원을 껐다.

밤늦게 외삼촌이 집으로 전화를 걸어 왔다.
"건호야, 별일 없지. 저녁은 먹었고?"
술을 마셨는지 혀 말린 소리였다. 삼촌은 다른 때와 달리 엄마 안부를 묻지 않았다.
"삼촌, 엄마 여행 갔어."
"……그래? 네가 이제 다 컸으니까 마음 놓고 여행을 갔구나. 자식 신통하다, 신통해……. 잘 자라. 또 전화할게."
삼촌은 목소리가 이상해지더니 서둘러 전화를 끊었다.
이른 새벽에 갈증이 나서 깼다. 모기가 있었는지 팔뚝 여기저기가 근질거렸다. 목이 쓰리도록 진한 오렌지 주스, 엄마가 만들어 주던 그 맛이 그리웠다.
집을 나와 터벅터벅 걷다 보니 가게 앞이었다. 컴컴한 가게 안에는 과일 냄새가 떠돌고 있었다. 냉장 진열장도 살아 있음을 과시라도 하듯 모터 돌아가는 소리가 요란했다. 딸

불량한 주스 가게 21

깍, 스위치를 올렸다. 눈에 들어오는 익숙한 풍경이 왠지 낯설게 느껴져서 한참을 꼼짝 않고 서 있었다.

아빠가 갑자기 죽은 뒤, 엄마는 살던 아파트를 팔았다. 그리고 이곳에 주스 전문점을 냈다. 가게는 아주 작았다. 카운터 앞에 의자가 세 개, 테이블도 일렬로 세 개뿐이었다.

냉장 진열장을 열었다. 손질된 과일들이 종류별로 밀폐 용기에 담겨 있었다. 처음엔 그저 오렌지 주스 한 잔만 만들 작정이었다. 그런데 시작을 하고 보니 멈춰지지 않았다. 오렌지, 딸기, 바나나, 토마토, 키위, 파인애플……

믹서에 과일 조각을 넣는다. 레시피에 적힌 대로 거기에 물 조금, 우유와 시럽 약간 그리고 얼음을 넣은 뒤 뚜껑을 덮고 스위치를 누른다. 그러면 위이이잉 소리가 나며 내용물이 갈리기 시작한다. 그저 기다리면 된다. 노트엔 식감을 위해 알갱이가 약간은 씹히게 갈아야 한다고 적혀 있었다. 하지만 난 넋 놓은 채 있다가 번번이 정지 버튼 누르는 시점을 놓쳤다.

만든 주스들을 조리대 위에 일렬로 늘어놨다. 시간은 아직 오전 아홉 시. 가게를 여는 시간은 두 시간이, 엄마 수술 시간까지는 세 시간 삼십 분이 남았다. 나는 그 주스들을 무슨 의식이라도 치르듯이 한 잔, 한 잔 마셨다. 달리 할 수 있는 일이 없었다. 딸기 주스도 바나나 주스도 엄마가 만들어 주던 맛이 아니었다. 시럽이나 우유가 지나치게 많거나 아니면 적게 들어갔고, 너무 묽거나 진했다.

첫 손님, 그러니까 자기들 마음대로 가게 문을 밀고 들어선 건 삼십 대 중반의 남녀 한 쌍이었다. 남자는 사과 주스를, 여자는 파인애플 주스를 주문했다. 테이크아웃이었다. 잔뜩 얼굴을 구긴 채 꾸물꾸물 주스를 만들어 냈더니, 두 사람은 기분 나쁜 표정으로 돈을 지불하고 서둘러 가게를 나갔다.

얼른 여기를 떠야 해. 서둘러 조리대 위를 치우고 있는데 또 손님이 들이닥쳤다.

그게 끝이 아니었다. 레시피 노트를 이리저리 뒤적여야 했고 속으로 으아아악! 비명을 질러대야 했다. 믹서에 넣다가 떨어뜨린 과일을 밟아 찍 미끄러지고, 시럽을 치다가 엎지르고……. 뒤죽박죽 엉망진창이었다.

엄마가 수술대 위에 누워 있는 광경을 떠올리면 심장이 호두처럼 쪼글쪼글해지는 것 같았다.

"가게 안이 좀 덥네."

한 손님이 투덜댔다. 그제야 에어컨을 켜지 않았다는 걸 깨달았다. 하지만 그 순간에도 나는 엄마 생각에 뼈 속까지 떨고 있었다. 그래도 시간은 흘러갔다. 정신없도록 빨리.

오후 세 시가 조금 넘어 이윤선 간호사가 문자를 보내 왔다. 엄마가 마취에서 깨어나 방금 회복실로 옮겨졌다고. 긴장이 풀렸다. 나쁜 꿈에서 깨어난 것 같았다.

선생님, 저희가 중현이를 때린 건 중현이가 우리를 배신했기 때문입니다. 아니, 배신했다고 생각했기 때문입니다……. 저는 중현이가 우리한테 맞을 때, 빌거나 사정하지 않는 걸 보고 많이 놀랐습니다. 싫은 걸 싫다고 말할 수 있는 그 용기가 조금은 부럽기도 했습니다. ㅏ

손님이 뜸해진 시간에 엄마 노트북으로 반성문을 썼다. 좀체 진도가 안 나갔다. 몇 시간째 A4 용지 반 장 분량도 못 채우고 썼다가 지우기를 반복하고 있었다.

휴대폰 알람 소리에 눈을 떴다. 집을 나설 땐 어스름하던 하늘이 청과물 시장에 도착했을 땐 환하게 밝아 있었다.

새벽 시장은 거대한 생명체 같았다. 과일을 싣고 나르고 흥정하는 사람들 속을 뚫으며 걷자니 눈가에 달려 있던 졸음이 싹 달아났다.

이쪽저쪽 기웃거리며 걷다가 마주오던 사람과 쿵 부딪혔

다.

"죄송합니다!"

그 사람의 어깨에서 미끄러져 내리는 사과 상자를 받쳐 주던 나는 깜짝 놀랐다. 근육질의 팔뚝이 오일을 바른 듯 번들거려서 청년인 줄 알았는데 노인이었다. 땀이 뚝뚝 흘러내리는 이마엔 주름이 자글거렸다.

할아버지가 박스를 풀어 진열한 사과들 중엔 빨갛고 윤기 도는 건 없었다. 하나같이 병자 얼굴처럼 거칠고 누르퉁퉁했다. 모두 불량품 같았다. 괜히 저 할아버지를 쫓아 작고 허름한 가게로 들어와 버렸구나, 후회가 밀려왔다. 이것저것 들었다 났다 하고 있었더니 밖을 내다보던 할아버지가 담배를 끄고 다가왔다.

"겉만 그럴싸하다고 좋은 게 아냐. 오히려 그런 놈들이 맛은 형편없는 경우가 많거든."

할아버지가 사과를 한 알 골라 내밀었다. 그중 볼품없어 보이는 놈이었다. 한 입 베어 물었다. 아삭하고 즙이 많았다. 달콤하고 부드러운 맛이 배어 나와 혀 돌기 사이사이로 스며들었다. 짱 맛있어요! 나는 엄지를 세워 보였다. 할아버지도 금니가 보이게 웃으며 엄지를 세웠다.

장을 본 후에 택시로 돌아오면서 상후한테 문자를 보냈다.

─오늘 만나자. 될 수 있으면 11시 이전에.

 곧바로 상후한테서 응답이 왔다. 피시방에 있으니 그리로 오라고. 과일들을 가게에 내려놓고 피시방으로 갔다.
 상후는 눈이 게게 풀린 채 연신 하품을 했다. 또 피시방에서 밤을 새운 모양이었다. 함께 있다던 민기는 화장실에라도 갔는지 안 보였다. 나는 4만 원을 나무젓가락이 꽂힌 컵라면 그릇 옆에 툭 떨어뜨렸다. 하루 반나절 치 알바 임금이었다. 상후는 날 옆자리에 끌어 앉히더니 오토바이 날치기 얘기를 꺼냈다.
 "한 사람은 망 보고 둘이서 오토바이를 빼앗기로 했어."
 "……난 빠질래."
 상후가 왜냐고 물었다. 말문이 막혔다. 우리들은 주변의 건방진 놈들을 어떻게 제압해 왔는지, 꼴통 교사들을 어떤 식으로 속이고 무시해 줬는지 살을 붙여 떠벌리며 많은 시간을 보냈다. 하지만 집안 사정이나 가족 얘기는 서로 털어놓은 적이 없었다. 꿈이나 미래 계획 같은 건 더더욱. 내가 오늘 새벽에 청과물 시장에 갔었고, 거기서 심장으로 따뜻한 피가 스며들어오는 느낌을 받았다고 하면 상후는 어떤 얼굴을 할까. 아마 그럴 것이다. 미친놈, 너 맛이 갔구나.

"너도 우리랑 깨지고 싶어?"

고개를 돌리니 민기가 웃음기 없는 얼굴로 서 있었다. 중현이 입가에 토마토 주스처럼 흘러내리던 피가 떠올랐다.

"됐어. 맘대로 해. 대신 너랑은 이제 쫑이다."

상후 말투는 차가웠다.

"다음에 우리 만나거든 알아서 기는 게 좋을 거다."

민기가 확인 사살을 날렸다. 나는 몸을 일으켰다. 가게를 열기 전에 아침에 장 본 과일들을 손질하려면 서둘러야 했다.

외상을 요구하는 깍두기 아저씨들, 메뉴에도 없는 코코넛 주스 같은 걸 찾는 명품족 아줌마들……. 그런 손님들이 날 열 받게 했다. 다행히 진상 손님은 어쩌다 있었지만. 며칠이 지났건만 주스 만드는 실력은 늘지 않았다. 방심하고 있다 보면 학생 같은데 왜 학교에 안 가고 여기서 일을 하느냐, 꼬치꼬치 쓸데없는 호기심을 남발하는 사람들도 있었다. 그럴 때면 불량한 눈빛으로 째려 줬다. 찔끔해서 돌아 나갈 때까지.

"여기 사장님 아프시다던데 수술은 잘 받으셨나?"

괜히 오지랖 넓게 아는 척을 하는 병원 직원들한테는 쌩까 주었다.

"사장님, 여행 가셨는데요."

가끔 이윤선 간호사가 오면, 주문한 주스에 캡을 씌우기 전에 알록달록한 토핑 가루를 아낌없이 뿌려 줬다.

엄마가 병원에 입원한 지 일주일째 되는 날에는 비가 왔다. 비가 내리는 날은 손님이 뜸하다. 빗방울이 끊임없이 유리벽 위로 흘러내린다. 꼭 물방울 커튼이 드리워진 것 같다. 게임이나 할까, 휴대폰 폴더를 열었다.

그와 동시에 유리문을 밀고 들어온 사람은 검은 상복 차림의 할머니였다. 1층 후문에 장례식장이 있어서 가끔 조문객들이 오긴 했지만 유족은 처음이었다. 할머니는 빗물이 뚝뚝 떨어지는 우산을 우산꽂이에 꽂고 카운터로 다가왔다.

"뭐로 드릴까요?"

할머니는 하얗게 센 머리카락을 쓸어 올리며 메뉴를 살폈다.

"글쎄……. 종류가 너무 많아서."

"신종 플루 예방되는 키위 주스로 드릴게요."

키위가 그 전염병을 예방하는지는 확실치 않았다. 언젠가 엄마가 손님한테 그렇게 말하는 걸 들었을 뿐이었다.

적당히 익어 몰캉몰캉한 키위 조각을 믹서에 넣고 있을 때였다. 창가 자리에 앉아 바깥 풍경을 내다보던 할머니가 불쑥 입을 열었다.

"눈물이 안 나와."

혼잣말인 줄 알았다. 묵묵히 믹서에 시럽을 치고 뚜껑을 닫았다.

"독한 할망구라고 남들이 쑥덕대는 거 같아 바늘방석이야."

"돌아가신 분이랑 사이 안 좋으셨어요?"

계속 잠자코 있기 뭐해 말을 받았다.

"그 영감탱이가 속을 어지간히 썩였지. 내 속에 이 창자가 다 문드러졌을 거야. 여태 살아 있는 게 용하다니까. 이따가 화장터에서도 눈물 한 방울 안 나올까 봐 걱정이야."

할머니는 손에 쥔 손수건을 조몰락대며 한숨을 쉬었다. 아빠의 유해가 화장장 불 속으로 들어가던 때가 생각이 났다. 엄마는 몸부림을 치며 울었다. 하지만 나는 울지 않았다.

"먼저, 화풀이부터 하세요."

나는 컵 받침 위에 키위 주스가 담긴 유리잔을 올려놓았다.

"화풀이?"

"할아버지 앞에서 그동안 열 받았던 일을 다 따지는 거예요. 옆에 누가 있든 말든 안면 까고 욕도 막 해 주시고요. 그러고 나면 혹시 눈물이 나올지도 모르잖아요."

"거참 고약한 주스 가겔세……."

할머니는 검은 씨앗들이 동동 떠 있는 초록빛 키위 주스를 벌컥벌컥 들이켰다. 주스를 다 마신 할머니는 테이블 위에 지폐를 올려놓고 기운차게 일어섰다.
"잘 마셨어."
문손잡이를 잡은 채 할머니는 씩 웃었다. 우산을 쓴 할머니가 유리 칸막이 밖으로 멀어지는 걸 지켜보다가 중얼거렸다.
"여긴 불량한 주스 가게거든요."
고딩 서너 명이 시시덕거리며 지나갔다. 쫄딱 젖은 채 우산도 없이. 나는 왜 장례식장에서도 울지 않고 멀뚱멀뚱 서 있기만 했을까. 바보 같이, 한심하게. 아빠는 내 속을 썩이지도 않았는데.

저녁 햇살이 가게 안으로 비쳐 드는 늦은 오후, 내가 가게를 맡은 지 열이틀 만에 엄마가 돌아왔다. 조금 핼쑥해진 얼굴로. 긴 소매 블라우스로 가을 분위기를 풍기며.
엄마를 테이블 앞에 앉히고는 돌아서서 사과 주스를 만들었다.
"장사는 할 만하던?"
대꾸 없이 사과 주스를 테이블 위에 올려놓았다. 엄마는 그 주스를 마지막 한 방울까지 톡톡 털어서 마셨다.
"여행 어땠어?"

"응. 좋았어. 아주."

"자퇴하고 주스나 팔까? 학교 다녀 봤자, 어차피 변변한 대학도 못 갈 건데."

"학교를 대학 가려고 다녀? 지식도 쌓고 좋은 친구도 사귀려고 다니는 거지."

엄마한테서 그런 교양미 넘치는 말이 튀어나오다니! 결석 떼어 내면서 뇌 이식까지 했나. 실실 웃다 보니 상후와 민기 얼굴이 떠올랐다. 그 두 녀석에게 쥐어박혀서 불량이 된 내 얼굴도 함께……. 웃음이 싹 가셨다.

"엄마, 왜 나한테 가게를 맡겼어? 내가 말아 먹었으면 어쩌려고."

엄마는 한참 뜸을 들이다가 말했다.

"널 믿고 싶었어."

목 안쪽이 박하사탕이라도 문 듯 싸해 왔다. 억지로 말을 돌렸다.

"엄마도 이제 알바 써. 이왕이면 여대생으로. 면접은 내가 볼게."

엄마는 내 말을 들은 체도 하지 않았다.

"학교에선 연락 없어?"

"날마다 반성문 절절하게 써서 보내고 있는데 감감무소식."

사실 난 감감무소식인 편이 좋았다.

저는 강해지고 싶었습니다. 아빠가 안 계시다고 동정받거나 위로받는 건 싫었으니까요. 그래서 아빠가 돌아가셨을 때도 눈물을 참았습니다. ……전 제가 강하고 멋지게 살고 있다고 생각했습니다. 하지만 착각이었어요. 전, 겉만 그럴싸하고 맛은 형편없는 불량 사과 같은 놈이었습니다.
앞으로도 잘해 낼 자신이 없습니다. 새로운 친구들을 사귀는 것도, 선생님들께 고분고분해지는 것도……. 과연 이런 제가 학교로 돌아갈 자격이 있을까요?」

다음날, 담임한테서 학교로 복귀하라는 연락을 받았다. 빡치다, 진짜!

올빼미, 채널링을 하다

나는 말귀가 어둡다. 그 증상은 중학교 2학년에 올라오면서 더 심해졌다.
 한 번은 친구가 마시는 걸 사 달래서 캔 음료라도 사 줄 요량으로 동전을 짤랑이며 매점으로 향했다. 그런데 친구 녀석이, 비싸서 나도 자주 못 사 먹는 감자 칩 봉지를 집어 드는 게 아닌가.
 "야, 너 마시는 거 사 달라며? 음료 자판기는 저쪽이야."
 "사람 놀리는 거야, 뭐야……. 맛있는 거 사 달랬잖아!"
 그날따라 있는 대로 성질을 부려대는 그 녀석과는 거의 절교 직전까지 갔었다.
 얼마 전에는 가족들과 휴먼 다큐멘터리 프로그램을 보는

데 갑자기 분위기가 가라앉았다. '왜, 왜? 뭐래? 뭐라는 거야?' 하고 물었더니 누군가 귀찮아하면서 설명을 해 줬다. 콧날이 시큰해져서 습기가 찬 눈을 껌뻑이고 있자니 낌새가 이상했다. 고개를 돌려 보니 가족들 모두 '저기 나오는 사람보다 네가 더 딱해!' 하는 눈길로 날 보고 있었다.

전에는 그냥 흘려 넘겼던 '그 소리가 아니고…….'나, '지금 그 얘기가 아니잖아.' 하는 핀잔들이 자꾸 신경 쓰이기 시작한 건 그놈의 올빼미 때문이다.

"박유성, 이 자식 왜 이렇게 먹통이냐?"

그날도 아이들이 드라이버 얘기를 하고 있는 줄 알았는데 한참 듣다 보니 드라이브 얘기였다. 아이들은 저마다 한마디씩 하며 날 놀려댔다.

"당연한 거 아냐? 올빼미가 사람 말 알아듣겠어?"

순간, 나는 인내심의 한계에 이르렀다.

'닥쳐 이 자식들아! 한 번만 더 나한테 올빼미 어쩌고 하면 다 죽을 줄 알아!'

가방을 싸고 있던 나는 그렇게 소리치고 싶었지만…… 그냥 조용히 교실을 나왔다.

버스를 타고 오면서 영국 래퍼 칩멍크의 노래를 들었다.

올빼미, 채널링을 하다 37

뭔가를 쏟아 내듯 아우성치고 있지만 노랫말은 잘 모른다. 그래도 따라서 흥얼대다 보니 기분이 나아졌다.

집 앞 정류장에 내렸을 때 휴대폰이 울렸다. 고모가 걸어 온 안부 전화였다.

"고모, 사람들이 하는 말 한 번에 딱 알아듣는 비법 없어?"

"비법이 어디 있어. 그냥 상대방이 하는 말을 잘 들어. 건성으로 말고 온몸으로. 눈빛, 표정, 말투 하나도 놓치지 말고. 그게 경청이야. 그런 뒤에는 공감해 줘야 하는데 진정한 소통은 상대방 감정을 수용하려는 마음이 있어야……."

"아, 알았고. 거기까지. 끊을게."

원론적인 얘기뿐이잖아. 누가 대화법 강의하는 사람 아니랄까 봐. 그런 고도의 소통은 바라지도 않는다고! 어디 민간 처방 없나? 뭘 끓여 먹으면 말귀가 밝아진다든지 하는……. 한숨이 나왔다.

나는 듣고 싶지 않은 말이나 지루하게 늘어지는 이야기엔 귀를 닫아 버린다. 일종의 버릇이다. 대화할 때 상대를 쳐다보지도 않는다. 당연히 상대의 눈빛, 표정, 말투 따위에 신경 써 본 적도 없었다. 감정까지 수용하라는 건 무리한 요구다. 그런데 대화법 전문가인 고모는 왜 여태껏 말이 통하는 사람을 못 만나고 싱글로 있는 걸까? 이론과 실제는 다른 건가.

다시 귀에 이어폰을 꽂고 볼륨을 높였다.
 문자가 온 건 집 근처 편의점 앞을 지날 때였다. 이상하게 발신자 표시가 없었다.

 ─네 눈을 보고 있으면 그 속으로 빨려 들어가는 것 같아. 가슴이 벌렁거려. 귀만 좀 밝으면 사귀어 줄 텐데. 쩝… 올빼미한테 반한 노자로부터ㅋㅋ

 '어떤 자식이야! 내일 학교 가서 보자. 발신자 추적 끝까지 할 테니까.'
 순간 욱해서 편의점 앞에 놓인 하늘색 플라스틱 쓰레기통을 걷어찼다. 쓰레기통이 쓰러지며 내용물들을 토해 냈다. 국물이 담긴 라면 용기, 음료 캔, 구겨진 신문……. 힐끗 안쪽을 살폈다. 알바 형은 내 행동을 보지 못한 듯 상품을 진열하고 있었다. 쓰레기통을 바로 세우고 쓰레기들을 대충 주워 담았다. 하지만 컵라면 국물은 그대로 보도블록 위에 남았다.
 열을 내서인지 목이 말라 편의점 안으로 들어섰다. 냉장고에서 감귤 주스를 꺼내는데 유리문에 내 두 눈이 비쳐 보였다. 쌍꺼풀이 여러 겹이라 내가 봐도 괴상한 눈. 올빼미도 나처럼 다꺼풀이라는 건 담임 과목인 생물 시간에 알았다.

그날 졸다가 지목을 받은 나는 담임의 질문이 파악이 안 돼 어리바리하게 되물었다.

"네? 뭐라고요?"

그러고는 눈을 깜빡이고 있었는데, 느닷없이 히죽 웃음을 터뜨린 담임이 쇳소리 섞인 목소리로 말했다.

"박유성! 너, 그러고 보니 눈이 올빼미처럼 생겼구나!"

담임은 백문이 불여일견이라며 필기하고 남은 칠판 여백에 올빼미의 눈 구조를 그려 보였다. 속눈썹이 달린 눈꺼풀 안에 또 하나의 눈꺼풀. 순막이라던가. 아이들은 내 눈과 칠판의 올빼미 눈을 번갈아 보며 꼭 닮았다고 감탄들을 했다.

"올빼미는 귀가 아주 밝다. 한쪽 귀가 다른 쪽 귀보다 높고 귓구멍 방향도 좌우가 다른 비대칭 구조다. 그래서 상하좌우에서 들려오는 소리의 미세한 시차를 감지해 음원의 위치를 정확히 파악하지. 그런데 박유성은 귀가 어두운 올빼미로구나."

담임은 손에 묻은 분필 가루를 털었고 아이들은 웃음을 터뜨렸다. 난 차라리 올빼미가 되어 날아가 버리고만 싶었다.

그 순간을 되새기자 다시 화가 솟구쳤다. 냉장고 문을 세차게 닫고 계산대로 갔다. 알바 형이 카운터 너머에서 지그

시 날 노려보며 뭐라고 말을 했다.

"네? 뭐요?"

형은 내 한쪽 귀에서 이어폰을 잡아 뺐다. 이어폰에서 음악 소리가 쿵쿵 새어 나왔다.

"그렇게 소리 크게 해서 들으면 난청 된다."

쳇, 웬 상관? 나는 엠피쓰리 전원을 끄고 교통카드를 내밀었다.

"너 우리 편의점에 무슨 억하심정 있냐?"

계산을 하면서 형이 물었다.

"아뇨, 별로……."

"밖에 있는 쓰레기통 엎는 거 다 봤다. 냉장 진열장 거칠게 닫아서 그 안에 주스 병들 쓰러진 것도. 그리고 방금 코너 돌아설 때 네 팔꿈치에 닿아서 상품들 죄다 떨어진 거 모르지?"

돌아봤더니 정말 과자 봉지들이 바닥에 흩어져 있었다. 난 뒷머리를 긁적였다.

"모두 원상복귀 해 놓고 가."

형은 내 카드를 자기 청바지 뒷주머니에 찔러 넣었다. 시킨 대로 하지 않으면 돌려주지 않을 태세였다. 난 형이 내준 대걸레로 보도블록에 흐른 라면 국물을 닦아 내고 냉장 진열대 안의 주스 병들을 정리했다. 바닥에 떨어진 과자 봉지들도 매대 위에 진열했다.

그런 다음 카드를 돌려받다가 카운터에 놓인 『채널링』이라는 제목의 책을 보게 됐다.

"채널링? 무슨 뜻이지?"

나는 고개를 갸웃거리며 책으로 손을 뻗었다. 순간, 형이 책을 홱 채어 갔다. 어쩐지 무안해져서 어깨를 으쓱하고 돌아서는데 내 등에다 대고 형이 말했다.

"지구엔 우주에 있는 생명체와 교신할 수 있는 사람들이 있어. 그런 활동을 채널링이라고 하지."

으응? 설마 외계인이랑? 무슨 그런 황당한 소리를! 흘낏 돌아봤다. 알바 형의 얼굴은 너무나 멀쩡해 보였다.

"어, 어떻게 외계인하고 교신을 해요?"

"파장, 즉 텔레파시를 통해서."

형은 외계인 뿐 아니라 이미 세상을 떠난 존재들이나 살아 있는 사람들끼리도 파장으로 대화가 가능하다고 했다. 그 사람과 통하는 주파수만 찾으면 말이다. 텔레파시라면 말은 필요 없는 거잖아! 귀가 솔깃해졌다.

"텔레파시란 거 어떤 느낌이에요?"

"나도 잘은 몰라. 하여튼 귀가 아니라 마음속으로 소리가 들려온다고 하더라."

대박! 귀가 아니라 마음으로? 번쩍, 한줄기 빛이 내게로 비추어지는 것 같았다. 이거야말로 내게 꼭 필요한 기술이야.

"외계인과는 주로 무슨 대화를 하는 거예요?"

형은 우주의 생성 과정이나 지구의 미래, 그리고 우리들의 전생 등 모든 궁금증을 외계인들에게 물어볼 수 있다고 했다.

"저도 그거 좀 배울 수 있을까요?"

"외계인한테 관심은 있냐? 외계인이 존재한다는 건 믿어?"

"관심은 지금 막 생겼고요. 채널링을 하면 믿게 되겠죠."

형은 소리 내어 웃었다. 그러고는 내 교표를 살피더니 잠시 생각하다가 말했다.

"내일 저녁에 모임이 있는데 같이 가 볼래?"

괜찮을까? 마음은 쏠렸지만 위험한 종교 집단에 끌려 들어가는 건 아닌지 겁도 났다. 망설이는 기색을 보이자 형은 내키지 않으면 관두라고 했다. 뒤에서 손님이 차례를 기다리고 있어서 옆으로 비켜섰다. 형이 건전지 바코드에 리더기를 찍고 계산을 하는 동안 생각을 했다. 어쩌면 외계인과 대화

하는 건 내게 예정된 운명일지도 몰라. 나는 한번 가 보기로 마음을 정했다.

다음날, 저녁밥을 후다닥 먹고 집을 나섰다. 영어 학원은 제쳤다. 인류 미래를 어깨에 짊어질지도 모르는 마당에 일개 국의 언어 공부가 무슨 대수? 채널링과 비교하면 음성을 사용하는 대화는 저차원 그 자체라는 생각이 들었다.

전철을 타고 가서 마을버스로 갈아타고도 또 한참을 더 갔다. 가는 동안 기대와 호기심으로 한껏 부풀어 올랐던 마음은, 금이 쩍쩍 간 허름한 3층 건물 앞에서 실망으로 변했다. 그나마 3층 창문에 달린 안테나가 눈길을 끌었다. 그것은 비행접시를 연상시킬 만큼 컸고, 석양빛을 받아 오묘하게 빛나고 있었다.

"저 안테나 특이하네요."

"아! 저건…… 말이야. 우주에서 오는 전파를 모으는 초강력 안테나야."

편의점 알바 형은 그렇게 말하고는 쓰윽 건물 입구로 들어섰다. 설레는 마음으로 형 뒤를 쫓았다. 문을 열고 들어서자 마루가 깔린 바닥에 남자 어른 네다섯 명이 둥그렇게 앉아 있었다. 머리숱이나 살집이 많거나 적다는 차이가 있을 뿐,

모두 진지한 인상들이었다. 형은 그들에게 나를 소개했다.

"한동네 사는 중학생인데 약간 또라이에요. 관심 있다길래 한번 데려와 봤어요."

'뭐, 또라이?' 노려봤더니 형은 농담이라며 웃었다.

"영적인 자각에는 연령 제한이 없지. 잘 왔어."

나이가 아빠랑 비슷할 것 같은 남색 셔츠 아저씨가 말했다. 모두 고개를 끄덕이며 호의 어린 시선으로 날 바라봤다. 조금은 사이비 종교 집단 같은 분위기가 감돌지 않을까, 했던 예상은 완전히 빗나갔다. 거기 모인 사람들은 대개가 과학도들이었다. 알고 보니 편의점 형도 우주공학 전공자였다. 비록 지금은 편의점에서 로켓 건전지나 팔고 있지만.

빅뱅 이론이니 우주 순환이니 하는 복잡한 이야기들이 오가는 동안 나는 귀만 만지작댔다. 초등학교 3학년 때 이후 태양계에는 관심을 접었던 게 후회스러웠다. 도대체 채널링 얘기는 언제 나오는 거야? 내 의지와 상관없이 무릎이, 발가락이 움찔거릴 즘에야 이야기가 차차 영적 자각이니 우주 의식이니 하는 쪽으로 옮겨 갔다.

각자가 체험한 신비한 일들을 돌아가며 이야기할 때는 귀가 열리는 기분이었다. 집에서 기르는 식물과 교감한 이야기, 명상 중에 나비가 되어 친구 집 창문으로 날아가 몇 초

동안을 유리창 밖에서 방 안에 있는 친구를 지켜본 이야기 등……. 입이 다물어지지 않았다.

"학생은 특별한 경험 없나?"

남색 셔츠 아저씨가 나를 보며 물었다.

"아, 저요? 저는…… 저도 이상한 일을 겪은 적이 몇 번 있어요."

시선이 내게 모아졌다. 나는 뺨이 붉어지는 걸 느끼며 더듬더듬 경험담을 털어 놓았다.

고모가 우리 집에 와서 저녁을 먹은 날이었다. 고모가 왔다 갈 때면 엄마는 늘 밑반찬을 싸 준다. 그런데 그날, 엄마가 반찬을 싸는 걸 보고 있자니 고모가 감자조림은 가져가고 싶어 하지 않는 게 느껴졌다. "엄마, 감자조림은 싸지 마."라고 했더니 고모도 "네, 그건 됐어요." 하고 말했다.

"유성이 너, 내가 감자 반찬 물린 거 어떻게 알았어? 혹시 독심술 하는 거 아냐?"

배웅하러 따라 나간 내게 고모가 말했다. 물론 농담으로 한 소리였다. 하지만 그 뒤에도 비슷한 일들이 몇 번 더 일어나자 난 내게 정말 초능력이 있는 게 아닌가, 진지하게 생각하게 됐다.

엄마 생일날, 우리 가족은 샤브샤브 집에 갔다. 엄마와 형이 육수가 팔팔 끓는 냄비 위로 디카를 주고받는 걸 보고 있는데 감이 왔다. 형이 곧 저걸 떨어뜨린다! 내가 잽싸게 빈 쟁반으로 냄비를 덮은 순간, 디카는 요란한 소리를 내며 쟁반 위에 떨어졌다. 그러고는 테이블 아래로 튕겨 나가 벽에 부딪친 뒤 작동을 멈췄다. 아빠가 불같이 화를 낸 건 이해가 간다. 고등학교에 입학한 형에게 그것을 선물한 사람은 아빠니까. 하지만 왜 디카를 떨어뜨린 형이 아닌, 내게 화를 내는 건지 이해할 수 없었다. 엄마는 당장이라도 잡아먹을 것 같은 표정으로, 형은 표독스러운 눈빛으로 나를 노려봤다. 내가 아니었으면 디카 샤브샤브를 먹을 뻔했는데 고마워하는 사람은 한 명도 없었다.

　하루는 거실에서 엄마 아빠와 텔레비전을 보고 있는데 뭔가 안 좋은 예감이 들었다. 그 예감은 내 옆에서 강냉이를 먹는 엄마 주변으로 몰려들고 있었다. 얼른 티슈를 뽑아 엄마에게 건넸다. '누가 달랬어?' 내 손을 밀쳐 낸 엄마는 불과 3초도 안 돼 재채기를 터뜨렸다. 엄마 입에서 튀어 나온 강냉이 파편을 몽땅 뒤집어쓴 아빠 모습이라니……. 맛동산이 따로 없었다.

올빼미, 채널링을 하다

"근데 애매한 게요. 가족들이랑 있을 때만 그런 일이 생겨요."

모두 내 얘기를 열심히 들어 주었다. 아무도 비웃지 않았다. 조금 우쭐해졌다.

"저도 채널링을 하고 싶은데요. 트레이닝 좀 부탁드릴게요. 속성으로요."

사람들이 나직하게 웃었다.

"왜 급한 건데?"

편의점 형이 물었다.

"인간들하고는 말이 잘 안 통해요."

나는 친구 녀석들과 대화를 할 때마다 느껴지는 단절감과 소외감, 올빼미 눈을 닮았다는 이유로 놀림을 받는 현실 등을 털어놨다. 식물과 교감한 경험을 이야기했던 아저씨가 부드러운 미소를 지으며 말했다.

"멕시코에선 올빼미를 초자연적인 능력을 가진 존재로 본다던데."

"맞아, 서양에선 원래 올빼미가 지혜의 상징이야."

편의점 형은 힘내라는 듯 내 어깨를 토닥였다.

"채널링이란 어찌 보면 아주 괴롭고 무거운 거야."

남색 셔츠 아저씨 말에 모두들 고개를 끄덕였다. 상상만

해도 멋진 일이 왜 괴로운 일이라는 거지? 고개를 갸우뚱하고 있는데 아저씨가 덧붙여 말했다.

"그리고 사실 우리 모두는 이미 채널러야. 우리 스스로가 우주의 감성과 에너지를 막고 있어서 그 소리가 들리지 않는 것뿐이지."

모임이 끝난 후 그곳을 나서기 전에 슬쩍 창가로 가서 창문을 열었다. 가까이에서 본 안테나엔 먼지가 두텁게 쌓여 있었다. 먼지를 털어 내고 살며시 손을 대 보았다. 희미한 진동이 느껴졌다. 우주 에너지가 내게로 흘러드는 느낌이었다.

하늘엔 달이 높이 떠 있었다. 지금 우주 저편에서 나와 주파수를 맞추려고 하는 생명체가 있을지도 몰라. 생각만으로도 뿌듯해졌다.

그 후 편의점 형을 따라 몇 차례 더 그곳에 갔다. 그러면서 채널링을 하려면 복식 호흡과 명상을 해야 한다는 걸 알게 됐다. 몸이 깊은 이완 상태가 되어야만 우주 전체와 연결되어 교감을 경험할 수 있어서라고 했다.

사람들이 복식 호흡을 할 때면 나도 한옆에 앉아 배웠다. 손을 가슴에 얹은 채 크게 숨을 들이마셨다가 '스…….' 하고 바람 빠지는 소리를 내면서 천천히 숨을 내뱉는 것이었다.

"그게 아냐, 숨을 들이쉴 때 배가 나와야지. 넌 들어가잖아."

 형이 수도 없이 바로잡아 줬지만 쉽지 않았다. 명상은 더 어려웠다. 마음을 비우고 고요하게 만들려고 해도 온갖 잡생각이 물고기들처럼 머릿속을 휘젓고 다녔다.

 돌아오기 전에는 꼭 안테나를 쓰다듬었다. 그럴 때마다 찌릿찌릿 우주의 기가 충전되는 느낌이었다. 하지만 여전히 외계인 음성은 들려오지 않았다.

 복식 호흡을 할 수 있게 되면서부터 그곳에 가는 일을 그만두었다. 편의점 형이 학원을 빼먹으면서까지 그곳에 다니는 건 바람직하지 않으니 명상은 혼자 하라고 권유했기 때문이다.

 영어 학원에서 듣기 레벨 테스트가 있는 날은 항상 비참한 심경이 된다. 그날도 나는 무참히 깨져서 폭삭 늙어 버린 기분으로 집에 돌아왔다. 현관에서 힘없이 신을 벗고 있는데 전화 벨소리가 들렸다. 형 방에서 나는 소리였다. 벨소리가 좀체 그치지 않기에 방을 들여다보니 책상 위 휴대폰이 충전 중인 채로 울리고 있었다. 무심코 집어서 귀에 대는 순간, 머리 한가운데가 감전이라도 된 듯 찌르르했다. 동시에 눈에서 불꽃이 일고 주위가 황갈색으로 보이더니 눈앞이 깜깜해졌다.

"남 책상에서 뭐 해!"

눈을 뜨자, 형이 화난 얼굴로 날 내려다보고 있었다. 몇 초간 정신을 잃고 형 책상에 엎드려 있었던 모양이었다.

다음날, 아침에 일어나면서부터 목 안이 몹시 아팠다. 종례 시간쯤에는 아예 목소리가 나오지 않았다. 보건실에 갔더니 양호 선생이 목이 많이 부었다며 이비인후과에 가 보라고 했다.

"성대가 많이 부었네. 변성기 증세야. 나중에 이상한 목소리 안 되려면 무리하게 목 쓰지 말고 관리 잘해야 해."

의사 말에 쇳소리가 나는 담임 음성이 떠올랐다. 고개를 힘차게 끄덕였다.

"제가 귀도 좀 이상해요. 봐 주세요."

쥐어짜는 목소리로 간신히 말했더니 의사는 내 귓속에 이상한 기계를 쑤셔 넣었다. 눈앞에 있는 컴퓨터 화면에 바위 덩어리가 들어찬 동굴이 보였다. 의사는 혀를 찼다.

"아주 꽉 막혔구만."

기계가 진공청소기처럼 바위를 빨아들이자 동굴이 뻥 뚫렸다. 양쪽 귀에서 귀지를 다 파낸 뒤에는 청력 검사를 했다. 의사는 고막이 약해져 있으니 당분간 엠피쓰리를 사용하지 말라고 주의를 준 뒤에, 삼 일치 약을 처방해 주었다.

목이 아파 대화에 낄 수 없었고 볼륨을 낮춘 음악은 감질이 났다. 점심을 먹고 와서 자리에 콕 박혀 판타지 소설을 읽었다. 창으로 불어 들어온 바람에 책장이 팔랑 넘어갔다. 창문을 닫으며 보니 단풍이 들기 시작한 느티나무 잎들이 바람에 살랑살랑 흔들리고 있었다. 마음이 고요해진다는 게 이런 걸까. 배꼽 아래 단전에 손을 댔다. 깊은 숨을 내쉴 생각이었다. 그러나 나온 것은 '끄윽!' 점심 때 먹은 카레라이스 냄새가 나는 트림이었다. 제길. 다시 책을 폈다. 그때였다.

"내 어학기가 없어졌어!"

재형이 녀석이었다. 말끝마다 엄마를 들먹이는 마마보이. 비싼 어학기라고 아침부터 자랑을 하더니. 몇십만 원이나 하는 걸 왜 학교까지 가져오는 건지. 덕분에 우리들은 종례가 끝나고도 집에 돌아가지 못했다. 담임이 가방 검사를 하는 동안 한 시간이 넘게 복도로 나가서 줄을 서 있어야 했다. 그래도 물건이 나오지 않자 담임은 교단 위에서 바늘 도둑이 소 도둑 된다느니 하는 설교를 끝없이 늘어놨다. 도대체 어느 새끼야. 여기저기서 훔쳐간 놈을 원망하는 소리가 높아졌다. 나 역시 누군지 몰라도 빨리 잡혔으면 좋겠다는 생각을 하며 샤프로 연습장 위에 낙서를 하고 있었다. 그때 그 목소리가 들렸다.

'아, 내가 왜 그런 짓을 했지?'

처음엔 환청인 줄 알았다.

'미치겠네, 정말. 어떡하지.'

귀로 들리는 게 아니고 마음 판에 부드럽게 써지는 것 같은 느낌. 이건 게임기를 훔쳐간 누군가 생각하는 게 들리는 거야. 그럼 채널링인가? 오오옷! 놀라서 손에 힘을 주는 바람에 샤프심이 톡 부러졌다. 심장이 마구 요동쳤다. 어떻게 내가 채널링을 할 수 있지? 꿈만 같았다. 나만 혼자 사차원 세계로 끌어올려진 기분이었다.

누굴까? 교실 안을 둘러보았다. 재형이 말고는 모두가 다 의심스럽게 보였다. 용기를 내어 말을 걸었다.

'어학기 네가 훔쳤어?'

한참 후에 넌 누구냐고 묻는 소리가 들려왔다. '정의의 사도'라고 하고 싶었지만 꾹 눌러 참았다.

'그건 알 거 없고. 야, 왜 우리들이 너 때문에 이 고생을 해야 하냐?'

'……그게 있으면 영어 실력이 오를 것 같아서. 너무 갖고 싶었어.'

'그렇다고 훔쳐? 지금 네가 한 짓 때문에 모두 집에 못 가

고 있잖아. 얼른 자백해.'

대답이 없었다. 자백하라고 한 건 좀 심했나. 그러면 보나 마나 왕따가 될 텐데.

'어디다 숨겼어?'

녀석은 뜸을 들이더니 교실 뒤 청소함에 있다고 대답했다. 나는 슬쩍 휴대폰을 꺼내서 발신자 비 표시로 담임한테 문자를 보냈다.

─그 어학기 청소함에 있는 것 같아요.

어학기는 정말 청소함 속 빗자루 뒤에 숨겨져 있었다. 그제야 내가 남의 마음을 읽었다는 게 실감이 났다. 몸이 떨렸다.

'담임이 휴대폰을 모두 걷어서 누가 문자를 보냈는지 조사하면 어떡하지?'

마음이 조마조마했다. 채널링이 괴로운 일이라고 한 게 이런 뜻이었나?

"누군지 모르겠지만 다시는 그런 짓을 안 하리라고 믿는다."

담임도 어지간히 지친 듯 그쯤에서 우리를 해산시켰다.

휴, 안도의 한숨이 나왔다. 교실을 나오다가 거울에 얼굴을 비춰 봤다. 어느 판타지 영화에서 특별한 능력이 생긴 아이가 그랬던 것처럼 나도 머리카락이나 눈 색깔이 달라졌나, 궁금했다. 아니, 사실은 눈꺼풀이 바짝 올라붙어서 올빼미 소리를 안 들을 수 있게 되었기를 바랐다. 하지만 내 모습은 그대로였다.

수업을 마치자마자 편의점으로 향했다. 알바 형은 어쩐 일인지 와이셔츠에 넥타이까지 매고 있었다.
"오늘 면접 봤는데 또 틀린 거 같아."
형이 안됐다는 생각이 들었다. 외계인하고 채널링할 생각 말고 면접관하고나 하지, 그런 말이 입안에서 맴돌았다.
"나 처음엔 내가 우주와 지구의 비밀, 과거, 미래 같은 거 창한 걸 알고 싶어서 채널링을 원하는 거라고 생각했는데 아닌 것 같아. 결국은 나 자신에 대해서 알고 싶은 거였어. 내가 과연 이 세상에 쓸모 있는 인간인지 아닌지 궁금했던 거야."
나는 왜 채널링을 하고 싶은 거지? 형 말을 듣고 곰곰이 생각해 봤다. 말귀 어두운 올빼미 신세를 벗어나고 싶었고, 그동안 나를 바보 취급한 인간들의 코를 납작하게 해 주고 싶은 마음도 있었다. 나 역시 우주에 대한 관심은 많지 않았다. 오늘 있었던 일을 자랑하고 싶어서 입이 근질근질했지만 형의 침울한 표정을 보니 왠지 망설여졌다.

"형이 이 세상에 온 건 틀림없이 이 시대가 형을 필요로 했기 때문이에요."

형은 으하하 웃더니 내 머리통을 콩 쥐어박았다.

"너도 어영부영하다 보면 나처럼 돼, 이놈아."

훗, 모르는 소리. 난 이래 봬도 오늘 채널링을 했단 말씀. 내가 의기양양한 미소를 짓고 있을 때 형이 불쑥 말했다.

"그런데 너, 관찰력이랑 상상력은 뛰어난 것 같더라."

"나 그런 거 별로 없는데요?"

"네가 의식하지 못해서 그렇지, 넌 꽤 관찰력이 있어. 난 우리가 모이는 장소에 그 안테나가 걸린 것도 몰랐었는데 넌 첫날 바로 알아봤잖아."

"그 안테난 우주 에너지를 모으는 거라면서요. 그런데 몰랐다고요?"

"뭐! 너 그 말이 진짜 줄 알았어?"

형은 물건을 진열하던 손을 멈추더니 크하하 웃음을 터뜨렸다.

"그 안테나는 평범한 위성 안테나야."

나는 할 말을 잃었다. 그 안테나 덕분에 채널링이 된 게 아닐까 했었는데……. 그러면 어떻게 된 거지? 혼란스러웠다.

"너의 형, 샤브샤브 냄비에 디카 떨어뜨리기 전에 뭐 하고 있었어? 혹시 기름기 있는 음식 먹고 있었던 거 아냐?"

"……아! 맞아요. 유부를 주물럭거리는 걸 봤어요."

"바로 그거야!"

형은 손가락을 튕겨 딱, 소리를 냈다.

"형 손에 기름기가 묻은 걸 알았기 때문에 넌 디카를 떨어뜨릴 거라고 예상한 거야."

그러면 엄마가 재채기를 할 거라고 예상한 것도 엄마한테 비염이 있는 걸 알고 있었기 때문인가. 그리고 고모의 감자반찬 일화 역시, 저녁을 먹을 때 고모가 감자 반찬에 한 번도 젓가락을 가져가지 않았다는 걸 무의식중에 알았기 때문인지도……. 맥이 스르르 빠졌다.

하지만 오늘 일은? 아, 기억난다. 재형이가 어학기가 없어졌다고 소리쳐서 고개를 돌렸을 때 누군가 청소함 앞에 서 있는 걸 어렴풋이 본 것 같다. 그게 머리에 남아서 어학기가 청소함에 있다고 생각했나? 그럼 내게 말을 한 건 누구지? 머리가 지끈거렸다.

"그런데요. 그때 왜 그 아저씨가 채널링이 무겁고 괴로운 일이라고 하신 거예요?"

"그건 네 스스로 알아보도록."

형은 다시 상품 진열을 계속했다.

그 후 며칠간은 집에서도 학교에서도 우울 모드였다. 계집애처럼 변한 목소리가 싫어 입도 꾹 다문 채 지냈다.

그날도 시작은 여느 때와 다를 바 없었다. 형이랑 아빠는 각자 일터와 학교로 먼저 출발했고, 나는 엄마와 아침을 먹었다.

"밤새 뭐 하느라 눈이 팅팅 부었어. 또 새벽까지 음악 틀어 놓고 판타지 소설이나 읽었겠지."

아, 뭐야. 진짜……. 아침부터. 못 들은 척 국에 만 밥만 후룩후룩 퍼 먹었다.

"그러니까 성적이 맨날 제자린 거 아냐. 형 좀 닮아 봐."

머리가 징징 울렸다. 난 인상을 구기며 엄마에게 악을 썼다.

"그래, 나 공부 외모 다 밀리고 찌질해! 앞으로도 쭉 가망 없을 거야!"

엄마가 화를 낼 줄 알았는데 의외로 조용했다. 힐끔 건너다 봤더니 엄마는 한숨짓고 있었다.

"그게 엄마한테 할 소리니. 엄마 아빠가 너희들 위해서 얼마나 애쓰고 있는데."

으이그, 차라리 프라이팬으로 두드려 맞는 게 낫지. 정신적 고문은 더 괴롭다. 이럴 땐 피하는 게 상책이지. 수저를 내려놓고 책가방을 집어 들었다.

오후에 학교를 마치고 돌아오니 엄마가 금색 보따리를 내게 안겼다.

"저녁은 고모랑 먹고 와."

감이 왔다. 엄마는 고모한테 미리 전화를 했을 것이다. 나를 잘 구슬려서 정신 좀 차리게 해 달라고. 유창한 말솜씨를 이용해서, 라는 말은 물론 생략했겠지.

전철역을 향해 가다가 같은 반 종민이를 보았다. 녀석은 시무룩하니 고개를 푹 숙인 채 걷느라 나를 알아보지도 못했다. 엄마가 돌아가셔서 아빠하고만 살고 있지만 밝고 쾌활한 놈인데 오늘은 왠지 우울해 보였다. 나도 굳이 아는 척을 하지 않았다. 그런데 이상했다. 교차로에서 신호가 바뀌기를 기다리는 녀석의 뒷모습이 왜 이렇게 마음에 걸리는 걸까.

고모 집까지는 전철로 이십 분 정도 걸리는 거리였다. 나는 아기를 안은 아줌마와 산뜻한 차림의 누나 사이에 앉았다. 아기 엄마는 잠시도 아기한테서 눈을 떼지 않고 숱도 없는 머리를 자꾸 쓰다듬었다. 나도 저렇게 무작정 사랑받던 때가 있었겠지? 물끄러미 보고 있었더니 아기가 날 향해 방긋 웃었다.

'짜식, 지금이 인생 황금기인 줄 알아라. 몇 년 안 있음 너도 무한 경쟁 속으로 던져질 거다. 공부 못 한다고 구박받고 무시당하고. 그러면 너도 나처럼 돼, 요놈아. 좀 심했나? 취소다, 취소. 넌 나처럼 되지 마라.'

그런 생각을 하며 혼자 웃고 있을 때였다.

'다 죽여 버릴 거야!'

너무나 생생한 소리. 내가 또 누군가의 마음을 읽고 있구나! 와락 소름이 돋았다.

'그리고 나도 죽는 거야.'

사, 사이코패스인가! 무릎 위 반찬 보따리를 손가락이 아프도록 꽉 쥐며 전철 안을 둘러봤다. 누굴까? 맞은편 대각선 자리에 앉은 노란 폴로 셔츠 입은 저 사람? 아니야. 저기 끝쪽에 서 있는 회색 바바리에 서류 가방을 든 회사원도 수상해……. 설마 무릎 위에 얼굴을 묻고 있는 저 아주머니는 아니겠지? 애써 마음을 가라앉히고 조심스레 말을 걸었다.

'저기…… 지금 하는 생각 정말이세요?'

상대는 놀랐는지 대답을 하지 않았다. 나는 다시 한 번 물어보았다.

'정말 여기 있는 사람들 다 죽이고 자신도 죽을 작정이세요?'

'누구쇼? 신이라면 너무 늦었쑤다.'

신이 아니라고 했더니 그러면 누구냐고 내게 물었다. 머뭇거리다 이 칸에 함께 타고 있는 친구, 라고 대답했다. 또 한참 말이 없었다. 눈동자만 움직여 좌우를 살피는데 그가 말했다.

'친구? 그딴 거 필요 없어. 이 폭탄 한 방이면, 다 끝나.'

폭탄! 그러면 테러리스트? 숨을 훅 들이켰다. 사람들은 모두 태평하게 책을 읽거나 자거나 동영상을 보고 있었다. 아무도 모르는 사실을 나만 알고 있었다. 나 혼자 지옥에 떨어진 기분이었다.

다음 역에서 내리자. 나한텐 아무 책임이 없어. 어쩌면 그냥 장난일 수도 있잖아. 아니 환청일 거야. 전동차가 설 때까지의 시간이 너무나 길게 느껴졌다. 드디어 전동차가 역에 도착했다. 문이 열리고 사람들 몇이 내렸다. 엉덩이를 들었다. 옆을 보니 아기는 쌕쌕 잠들어 있었다. 잠결에 오므렸다 폈다 하는 작은 손이 내리지 말라고 나를 잡아끄는 것 같았다. 다리에 힘이 들어가지 않았다. '스크린 도어가 닫힙니다.'

하는 안내 방송 뒤에 문과 스크린 도어가 차례로 닫혔다. 나는 도로 풀썩 주저앉았다.

-전철 안에 폭탄을 갖고 탄 사람이 있어요. 모두 죽이고 자기도 죽겠대요. 살려 주삼.

발신자 비 표시 문자를 보냈지만 반응이 없었다. 전동차가 멈추지도 않았고 대피하라는 안내 방송도 없었다.

-장난 아니에요. 급해요!

두 번째로 보낸 문자에도 무반응. 전동차는 변함없이 달리기만 할 뿐이었다. 119에 전화를 걸려고 했더니 버튼을 누르는 도중에 배터리가 나가 버렸다. 지금이라도 여기 폭탄이 있다고 소리칠까? 아무도 내 꺽꺽대는 음성을 못 알아듣는 사이에 저 사람이 폭탄을 터뜨리면? 공포의 바다가 나를 집어삼켰다. 온몸에서 힘이 빠지며 바닥 깊이 가라앉았다. 정말 물이라도 들어간 것처럼 귀가 먹먹해졌다. 정신을 차려야 해. 깊게 심호흡을 했다. 어떻게든 대화를 계속해 보는 수밖에 없었다.

'폭탄은 어디서…… 구하셨어요?'

자신이 직접 만들었다는 답이 돌아왔다.

'이 칸에 있는 사람들을 모두 죽이고도 남을 만한 위력이야. 스위치만 누르면 터지게 돼 있지.'

몸에 난 솜털들이 죄다 곤두섰다. 영화에서는 열차나 건물이 폭파되는 장면을 수도 없이 봤다. 하지만 내가 그 장면 안에 있게 되리라곤 상상도 안 해 봤다. 배 속이 울렁거렸다. 내가 왜 이 전철을 탔을까. 하필, 왜 이런 순간에 채널링이 되는 거냐고. 도대체 날더러 어쩌라고?

'이러시는 이유가 뭔데요?'

'싹 쓸어버려야 해. 이런 놈의 세상은.'

'가족들이 걱정할 거예요.'

손바닥에 고인 진땀을 보자기에 문질렀다. 그러나 방수처리가 돼 있는지 땀은 닦이지 않았다.

'그 사람들은 내 걱정 안 해. 나한텐 관심 없어.'

'가족들이 아무도 관심을 안 갖는단 말이죠?'

나는 그가 한 말을 다시 되풀이했다. 그리고 온 신경을 모아 그의 마음에 집중하려고 애썼다. 표정과 몸짓이 안 보이니 말에서 그 느낌과 생각을 읽어 낼 수밖에 없었다.

'여기 있는 인간들도 다 마찬가지야. 남의 고통은 안중에도

없지.'

 나는 더 자세히 얘기해 달라고 했다. 그리고…… 들었다. 가난하던 어린 시절, 한겨울에도 툭하면 발가벗겨서 내쫓던 엄마, 폭력을 일삼던 아버지. 초등학교 때부터 시작돼 학창 시절 내내 지긋지긋하게 계속된 따돌림. 그런 그가 비참하고 고독한 처지를 견딜 수 있었던 것은 그림 덕분이었다. 일터에서 돌아오면 그는 방에 들어앉아 그림을 그렸다. 꼭 화가가 되지 않아도 좋았다. 그림을 그리고 있을 때는 모든 괴로움을 잊을 수 있었다.

 그런데 최근에 근무하던 공장에서 야간 작업을 하다가 기계에 오른손을 크게 다쳤다. 그 이후 더 이상은 그림을 그릴 수 없게 되었고 살아갈 힘을 잃었다. ……전철 안 소음들이 모두 사라졌다. 마치 제방이 무너진 것처럼 분노, 슬픔, 좌절 같은 감정들이 내 안으로 밀려 들어왔다. 지금 그 사람 기분이 이런 거구나! 숨이 막혔다. 아무 말도 할 수 없었다. 채널링은 무겁고 괴로운 거라던 남색 셔츠 아저씨의 말이 떠올랐다. 그 말이 무슨 뜻인지 비로소 알 것 같았다.

 '이봐. 그만 정신 차리고. 죽고 싶지 않으면 여기서 내려.'

 그 소리에 번쩍 고개를 들었다. 전동차가 정차해 있었다. 난 열려 있는 문을 멍하니 바라봤다. 그동안 저 문이 몇 번이

나 여닫혔을까?

'어차피 내려야 할 역은 지나친 지 오래예요. 저는요, 말귀가 드럽게 어두워요. 그래서 속이 터질 것처럼 답답할 때가 많았어요. 그런데 이상해요. 지금은 너무 잘 알아듣겠는데 왜 이렇게 답답한 거죠?'

'⋯⋯이젠 그만, 끝내야겠어.'

어디선가 부스럭, 하는 소리가 들려왔다. 마음이 급해졌다.

'잠깐만요! 당신이 먼저 도움을 청했어요. 간절히 누군가 말려 줬으면 했던 거예요.'

그 말을 하면서 깨달았다. 저 사람처럼, 어학기를 훔친 아이도 강력한 주파수를 쏘아 누군가에게 도움을 청하고 있었던 것이다. 그런데 나는 그 녀석한테 왜 그렇게 심하게 굴었지? 마치 신이라도 된 듯이 겁을 주고 몰아붙이기만 했으니⋯⋯.

저 사람이 이대로 모든 걸 끝내게 내버려 둘 수는 없어. 나는 이제 나 자신은 잊고 있었다. 전철 안 다른 사람들의 존재도 잊었다. 두려움이 사라졌다는 뜻은 아니다. 여전히 무릎과 손은 바들바들 떨렸다. 그를 구하고 싶다는 생각이 너무 강해서 공포를 의식할 틈이 없었던 거다. 하지만 무슨 수로?

어떻게? 난 수그리고 있던 고개를 들었다. 어둠이 내려앉은 창밖으로 어른어른 알록달록한 그림들이 흘러가고 있었다. 아파트 단지와 선로 사이에 세워진 방음벽에 그려져 있는 벽화들이었다. 그 순간 머릿속에 '그라피티 아트'라는 말이 떠올랐다. 벽이나 다리 교각에 스프레이 페인트로 하는 낙서화! 미국에서 과거엔 범죄 행위로 취급 받았지만 지금은 예술로 대접 받는다는 미술이다. 내가 즐겨 듣는 라디오 방송 디제이가 그랬었다. 랩이 힙합의 노래라면 그라피티는 힙합의 미술이라고. 이게 그 사람에게 빛이 되지 않을까!

'손이 불편하면 붓 대신 스프레이 페인트로 그림을 그릴 수도 있어요! 미국 낙서 예술가들처럼. 당신이 그린 멋진 낙서화를 보고 싶네요.'

나는 무슨 말을 하려는 건지 모르는 채 속으로 중얼거렸다. 짧고도 긴 시간이 흐른 후, 내 눈 앞에 환상처럼 선명하고 눈부신 색채가 소용돌이치기 시작했다. 나는 눈을 크게 떴다. 하나의 그림이 지나가면 또 다른 그림이 그려졌다. 나는 뭔가에 홀리기라도 한 듯 그것을 바라보고만 있었다.

'……여태껏 내 말을 이렇게 열심히 들어 준 사람은 네가 처음이야. 고마웠다.'

회색 잠바에 청바지, 뒤꿈치에 보풀이 인 낡은 운동화, 쭉

내 맞은편 자리에 꾸부정하게 등을 돌리고 서 있던 30대 중반쯤의 아저씨가 내 쪽을 한번 슬쩍 돌아보더니 손에 들고 있던 쇼핑백을 바닥에 내려놓고 전철 밖으로 걸어 나갔다. 아주 천천히.

'얼른 저 쇼핑백을 집어야 해!'

그런 생각을 하면서도 온몸이 마비된 것처럼 꼼짝도 할 수 없었다.

"어디 갔다 이제 와? 엄마랑 내가 얼마나 걱정했는지 알아! 반찬 보따리는 어쨌어?"

현관을 들어서는 내게 고모는 쉬지 않고 질문을 퍼부었다. 난 흐느적흐느적 걸어가 소파 위로 엎어졌다. 대꾸할 기운조차 없었다. 고모가 엄마에게 전화해 나의 도착을 알리는 동안에도 나는 그대로 움직이지 않고 누워 있었다.

고모가 가져다 준 물을 들이켜고 있을 때, 텔레비전에서 뉴스 속보가 흘러나왔다. 인천 어느 역에서 폭발물이 발견됐다는 뉴스였다. 텔레비전 화면 가득 '폭탄이 들어 있습니다.'라는 글씨가 겉면에 적힌 쇼핑 봉투가 비쳐졌다. 뒤이어서 경찰들과 119대원들이 폭발물이 발견된 전철역 안내 창구 주변에 출동해 있는 모습이 빠르게 지나갔다.

폭발물이 든 봉투를 들고 전철에서 내린 뒤 두려움에 떨며 어쩔 줄 모르고 허둥댔던 일, 역내의 편의점에서 매직펜을 사서는 덜덜 떨리는 손으로 글씨를 쓰던 일…… 그 모든 일들이 마치 꿈속에서 있었던 일처럼 아득하게 느껴졌다.

"……고모. 나, 저 폭발물 때문에 늦은 거야."

"정말이야? 세상에, 큰일 날 뻔했구나!"

주방에서 저녁을 차리던 고모는 몸서리를 쳤다.

"나, 오늘 온몸으로 하는 대화가 뭔지 실감했어. 진정한 대화에는 책임감이 따른다는 것도."

"그게 무슨 소리야?"

가슴이 조이는 듯했고 목이 꽉 막혀왔다.

"나중에 얘기해 줄게. 나중에……."

그 말밖에 하지 못 했다.

편의점 형이 취직이 되어 편의점을 떠나던 날, 나는 용돈을 털어 인터넷 옥션에서 어학기를 한 개 샀다. 주소만 갖고 찾느라 이 골목 저 골목 한참이나 헤맸다. 녹슨 대문 앞에 어학기가 든 봉투를 내려놓고 벨을 눌렀다. 담벼락 뒤에 숨어 있었더니 종민이가 나왔다. 봉투를 열어 보던 녀석은 놀란 얼굴로 주위를 두리번거렸다. 나는 슬며시 몸을 돌려 골목을 빠져나왔다.

그 뒤로 남이 하는 생각이 들리는 일은 더 이상 일어나지 않았다. 요즘은 말귀가 어둡다는 소리도 듣지 않는다. 남이 얘기를 할 때 딴 생각을 하는 버릇을 없앴기 때문인지도 모르겠다.

여전히 '올빼미'라고 불리지만 싫지 않다. 거울 앞에서 내 눈을 자세히 들여다보면 검은 눈동자 속에 광활한 우주가 펼쳐져 있는 것 같다. 내 안에 우주가 들어 있는 거다! 너무 자뻑인가.

난 더 이상 외계인과의 채널링을 꿈꾸지 않는다. 마음을 모아 사람들 말에 귀 기울일 때, 내 느낌과 생각에 가만히 마음을 열 때 나는 이미 채널러다.

야간 자율 학습

"야자 째고 저기나 가 볼래?"

병우가 턱으로 오서산(烏棲山)을 가리켰다. 녀석 음성이 과하게 컸다. 나는 슬쩍 옆을 봤다. 몇 걸음 떨어진 곳에 동혁이가 서 있었다. 주변에 아무런 관심 없어 보이는 태도가 놈의 특징이지만 오늘은 신경이 쓰였다. 산 쪽을 보고 있는 녀석 눈길이 어디를 향하고 있는지 가늠이 안 갔다.

"학교 뒷산이라고 만만해 보이냐? 가볍게 오를 높이가 아니야."

나는 한껏 심드렁하게 대꾸했다. 낮에도 인적이 드문 산을 밤에 오른다는 건 미친 짓이었다. 산에선 몇 년에 한 번씩 목매 죽은 시체가 발견된다고 했다. 그래선지 비 오는 밤마다 귀신 우는 소리가 난다는 소문도 떠돌았다. 물론 대부분의 아이들은 그런 소문들을 유치한 웃음거리로 여겼다.

  관현악 연주곡이 울려 퍼지기 시작했다. 트럼펫, 클라리넷, 바순, 심벌즈가 엉킨 소리가 고막에 구멍을 낼 듯 요란스럽다. 야간 자율 학습 시작 10분 전을 알리는 예비 종소리다. 엘가의 〈위풍당당 행진곡〉이 스피커에서 흘러나올 때마다 나는 심장이 1밀리미터씩 줄어드는 것 같다. 급식실에서 저녁을 먹고 올라와 복도를 어슬렁대던 아이들은 하나 둘 교실로 들어갔다. 둔하게 움직이는 모양새들이 영락없는 좀비 떼다. 우리는 언제나 그랬듯 닥콩이 나타날 때까지 미적거릴 작정이었다. 동혁이도 같은 생각인지 미동이 없었다.

  "나한텐 저 산 부처님 손바닥이야. 저기만 넘으면 외할머니 댁이거든."

  창턱에 걸터앉아 있던 병우가 아래로 휙 뛰어내렸다.

  "그래서 뭐, 진짜 간다고? 이봐, 친구. 그런 생각 따윈 버려. 절대 무리란 거 알잖아."

  나는 병우의 등을 토닥였다.

  '너희들에게 이 학꼴 그만둘 자유는 있다. 그러나, 공부를 안 할 자유는 없다.'

  교장은 입학 후 첫 조회 때 교실 전면에 있는 텔레비전 화면에 나타나 이같이 선언했다.

'너희들은 백로가 되기 위해 이 학교에 온 것이다. 까마귀가 되고 싶다면 언제라도 이 학교를 떠나라!'

압력 밥솥 위 추 같은 퉁방울눈을 굴리며 그가 덧붙인 말이다.

자율형 사립고로 전환되었으니 교장의 열의가 대단하리란 건 예상했다. 아무리 그래도 그렇지, 교장이 입학 다음 날부터 야자를 시킬 줄은 몰랐다. 오늘만 해도 그렇다. 기말고사 끝난 게 바로 지난 주말인데 단 며칠의 쉼도 없이 야간 자율 학습이라니.

일반 고등학교에선 중간고사와 기말고사뿐이지만 우리 학교에서는 다달이 시험을 친다. 3월, 4월, 5월……. 나는 시험에 대한 감각을 거의 잃었다.

"너희들, 이 학년 때 집중반에 들어가려면 지금부터 열심히 해야 해. 전교 상위 오 퍼센트만 해당 되는 거 알지?"

담임은 1학기 중반에 들어서자 때를 안 가리고 우리를 볶아 댔다. 상위권 아이들만 따로 뽑아 학원 스타 강사한테 수업을 받게 하겠다는 건 입학식 때 학부모들 앞에서 교장이 한 약속이다. 요즘 나는 밤마다 가위에 눌린다.

야자가 끝나는 시간이면 학교 앞 도로는 학원 셔틀버스,

학부모 승용차들로 혼잡하다. 학원에서 영어, 수학 중 한 과목 강의를 듣고 자정이 다 되어서야 집에 돌아간다. 그대로 뻗고 싶지만 인터넷 강의와 학원 숙제가 남아 있다. 모두 마친 후 책상 앞에서 버틸 수 있는 시간은 고작해야 한두 시간? 졸리기도 하지만 눈이 뻑뻑해 도저히 더는 못 버틴다. 7시까지 등교하려면 6시 20분에는 일어나야 한다. 산뜻한 기분으로 눈을 떠 본 게 언제였는지 기억도 안 난다. 병우나 동혁이도 나랑 별반 차이가 없을 거다. 화가 나는 건 그럼에도 불구하고 결과가 너무도 차이가 난다는 거. 그래서 누구는 백로, 누구는 까마귀로 등급이 매겨진다는 거지.

학교 왼편으론 벼랑이, 오른편엔 한계 높이까지 설치된 방음벽이 둘려 있다. 야자가 끝날 때까지 사설 경비 업체에서 파견된 경비원 두 명이 교문 앞을 지킨다. 꾀병? 어림도 없는 소리. 보건실에는 병원 응급실 수준의 의료진이 항시 대기 중이다. 피치 못할 사정으로 빠져야 할 때는 보호자가 교장과 면담을 한다. 직접 면담이 불가능하면 화상 통화라도 해야 한다. 장손인 나도 할아버지가 위독하실 때 그런 절차를 거쳤다. 그 외엔 야자가 끝나는 10시 30분까지는 이곳을 벗어날 방법이 없다. 병우 말대로 학교 뒤쪽에 버티고 선 저 산을 넘기 전에는.

"산에 확 불을 지를까. 여기까지 옮겨붙는 거 잠깐일 거야. 수업은 당분간 물 건너가는 거지."

병우 눈빛이 음흉하게 빛났다. 진담인가 보다.

"미친놈, 학교 불타 버리면 비싼 등록금만 날리게?"

나는 다 마신 커피 캔을 우그려 창밖으로 던졌다. 깡통이 떨어지며 댕그랑 소리를 냈다.

"그러니까 가자."

"글쎄다……."

내가 짐짓 버티고 있을 때였다.

"나도 같이 가자."

동혁은 누구에게도 먼저 말을 붙이는 성격이 아니다. 사람을 똑바로 바라보는 법도 없는 그 녀석이 바로 옆에 와 있었다.

"뭐야, 너 듣고 있었냐?"

가슴이 쿵쿵댔지만 애써 시큰둥한 표정을 지어 보였다.

"어. 너희 산에 간다며."

동혁이 눈 밑 다크서클이 길쭉했다.

"돌았냐? 우리가, 산, 산엘 왜 가. 그냥 해 본 소리야."

나는 예기치 않은 병우의 반응에 당황했다. 쏘아보는 내 눈길을 피하며 병우는 연거푸 아니라고, 산에는 안 간다고 말했다. 나는 혀로 마른 입술을 축였다. 에어컨 바람으로 사방에 냉기가 도는데도 등줄기에 땀이 솟았다.

"모처럼 동혁이도 같이 가고 싶어 하네. 그럼, 나도 갈까? 병우야, 가자."

나름 가벼운 어조로 말하려는데 뭐라도 걸린 듯 목소리가 갈라져 나왔다.

"아냐, 맘 변했어. 난 안 가. 가려면 니들끼리 가든지."

병우는 완강히 고개를 저었다. 교실 쪽으로 슬금슬금 뒷걸음치는 녀석을 쫓아가 팔뚝을 꽉 움켜잡았다.

"너 정말 이러기야?"

나지막하게 말했다.

"시원아, 나 싫어. 안 해."

병우는 입가를 실룩이며 울상을 지었다.

"너, 정말 후회 안 할 자신 있어? 너네 아빠······."

나는 병우 귀에 바짝 입을 대고 한마디 한마디 힘주어 말했다.

"······알았어."

병우가 마침내 굴복했다.

"가방? 짐만 되잖아."

동혁이가 말했다.

'짜식, 오늘 똘기가 제대로 발동했군. 하긴 집에 가방을 들고 들어가든 맨 몸으로 들어가든 차이가 없지.'

오늘은 무탈하게 지나갈 수 없을 것이다. 나는 가방을 사물함에 도로 밀어 넣고 지갑과 휴대폰만 챙겨들었다. 병우는 며칠 전 야한 동영상을 보다가 아빠한테 들켜 휴대폰을 압수당한 상태였다. 동혁이는 아예 휴대폰이란 게 없는 모양이었다.

"너희들 진짜 맛이 갔구나?"

병우는 가방까지 버리고 가겠다는 우리를 보며 머리를 가로젓더니 산속은 추울 수 있으니 점퍼는 가져가자고 했다. 나는 병우 가방에 내 점퍼를 쑤셔 박았다. 동혁이는 챙기지 않았다. 우리는 자율 학습 시작 종소리를 뒤로하고 서둘러 학교 건물을 빠져나왔다.

뒷산과 맞닿은 울타리 한 곳에 덤불로 가려진 작은 구멍이 있다는 사실에 동혁이는 놀라는 눈치였다. 학교 선배인 병우 사촌 형이 알려 준 정보였다. 우거진 풀숲을 지나 작은 나무들 사이를 지날 때 콧잔등 위로 물방울이 톡 떨어졌다. 하늘을 올려다봤다. 회색 구름이 조금씩 밀려들고 있었다.

"비 오는 거 아냐?"

병우가 달려드는 모기떼를 쫓으며 말했다. 동혁이는 신경 쓰는 기색 없이 그대로 걷기만 했다.
"지나가는 비야."
나는 병우를 잡아끌었다.
숲은 서늘했고 터널 속처럼 어두웠다. 뒤에서 병우가 비춰 주는 손전등 불빛이 없었다면 제대로 걷기 힘들었을 것이다. 한 걸음 한 걸음 내딛을 때마다 묵은 낙엽들이 눈처럼 푹푹 밟히며 소리를 냈다. 숲은 고요하지도 적막하지도 않았다. 바람이 지나갈 때마다 소리가 났다. 나뭇가지 부딪히는 소리, 두꺼운 잎들이 쏴쏴 흔들리는 소리, 뱀이 숨이라도 쉬는 듯 쉭쉭거리는 소리…….

머리 위에서 파드득 소리가 났다. 화들짝 놀라 주저앉는 내 꼴을 보더니 병우가 키득키득 웃었다.
"너 오줌 지린 거 아님?"
"씹새, 내가 요실금이냐?"
욕을 내뱉으며 일어섰다.
"비 피하려는 새였을 거야. 시체 파먹는 까마귀. 크크."
병우가 킥킥대며 손전등으로 허공을 비췄다. 비틀려 휘어진 소나무들이 드문드문 섞여 있었다. 까마귀는 보이지 않았다.

"어, 저기 저 나무, 꼭 지게 비슷하지 않냐?"

병우가 구부러진 소나무 하나를 가리켰다.

"지게? 나무꾼이 나무할 때 쓰는 거 말이지? 비슷하긴 개뿔."

병우는 내 핀잔을 무시했다.

"저거 보니까 생각나는 이야기가 있어."

병우는 어릴 때 외할머니와 살아서인지 민담을 많이 안다.

"산속에서 길을 잃고 헤매던 나그네는 외딴 오두막을 발견했어……. 문을 열고 나온 여자는 여신급 미모를 하고 있었지. 아마 얼굴은 계란형이고 외까풀 눈에 커다란 눈동자는 신비한 적갈색을 띠고 있었을 거야."

풋, 웃고 말았다. 병우는 내 여친 얼굴을 묘사하고 있었다. 아니, 이제는 전 여친인가…….

병우가 지영이를 본 건 봄에 우리 학교에서 열린 오서산 축제 때였다. 지영이가 동혁이를 처음 본 것도 같은 날이다. 아무리 토요일이라지만 웬일로 교장이 하루 동안 학교를 개방하고 축제를 다 열어 주나 했더니 자율형 사립고로 전환된 걸 널리 자랑하려는 취지였다. 강당은 인근 학교에서 온 여학생들로 꽉 찼다. 출연이 예정돼 있던 우리 학교 출신 아아돌 가수가 시간이 한참 지나도 나타나지 않았다. 교사들이 사색이 되어 허둥대고 있을 때 동혁이가 기타를 들고 무대 위로 올라갔다. 나중에 듣기론 담임 간청에 억지로 대타가 된 모양이다. 공부만 파는 범생인 줄 알았는데 의외다 싶긴 했지만 원래 난 징징대는 일렉 기타 소리를 좋아하지 않는다. 여자애들은 자지러졌다. 지영이도(연보라색 티에 청바지를 입었을 뿐인데 어느 때보다도 예뻤다) 계속 감탄이었다. 자기도 기타를 배워 봐서 아는데 웬만한 연습으로는 저 정도로 연주 못 한다며 칭찬이 끝이 없었다. 휴대폰 카메라로 동혁이 모습을 찍기도 했다.

"야, 너 지금 뭐 하는 거야."

내가 장난인 척 태클을 걸자 지영이는 마지못한 듯 삭제 버튼을 눌렀다. 그런 후에도 지영이는 동혁이한테 정신이 팔려 놈이 무대를 내려갈 때까지 내 쪽은 쳐다보지도 않았다. 새삼 그날의 더러운 기분이 되살아났지만 애써 물리쳤다.

"나도 나그네처럼 방랑 식객으로 한번 살아 보고 싶다."
병우는 내 말에 공감하지 않았다.
"난 엄마 아빠 떠나서 살기 싫어. 그리고 고양이랑도."
"산속에서 절세미인을 만날지도 모르는데?"

병우는 금세 마음이 바뀐 듯 다시 생각해 봐야겠다고 말했다. 내가 큭큭 웃는데 동혁이가 돌아보지도 않은 채 중얼거렸다.

"여주인이 묵어가게 해 줄지 어떨지도 모르는 판에 외모가 그렇게 중요한가?"

'도발하지 마라. 나 지금 너한테 그런 소리 듣고 싶지 않거든.'

주먹에 부르르 힘이 들어갔다.

고등학교 입학 전 엄마는 지영이를 그만 만나라고 했다. 대학 가서 만나도 늦지 않다며. 내가 학원을 안 다니겠다고 버텨서 겨우 한발 물러났지만 엄마는 계속 감시의 눈을 거두지 않았다. 살인적인 스케줄 속에서도 지영이를 만났던 건 겉모습 때문만은 아니었다.

"어쨌든, 그 절세미인은 자기 혼자 장례를 치룰 일이 걱정이라며 더욱 슬피 울었어. 참고로 말하는데 그럴 때 희망 상조가 있었으면 얼마나 좋았겠냐?"

병우는 제 아버지가 상조 회사를 운영하는 걸 남들 앞에서 스스럼없이 떠벌린다. 어떤 때는 아예 영업도 한다.

"너희들 황제의 염이라는 거, 들어 봤어? 수의가 비단이고, 시신을 닦고 입과 코를 막을 땐 국내산 유기농 천연 목화

솜을 사용하지. 우리 희망 상조에만 있는 거야. 너희들도 나중에 부모님들 가입시켜 드려."

부질없다. 죽고 나서 비단 수의가 뭔 소용. 게다가 엄마 아빠 전교 1등한 성적표로 둘둘 말아 주면 최고로 기뻐할 사람들이야. 쓴웃음이 나왔다.

열심히 노력하면, 중학 시절 영광을 유지할 수 있을 줄 알았다. 현실은 달랐다. 쟁쟁한 애들 틈에서 나는 열등생으로 밀려났다. 캔 커피를 달고 살며 잠을 줄여도 성적은 제자리걸음이다.

'우린 네가 노후대책이야. 너한테 올인이라고.'

아빠는 얼굴만 마주치면 나를 압박한다. 주식이니 코인에 '올인'하다가 홀랑 날려 놓고 왜 내게 책임을 뒤집어씌우는 건데?

"거적에 말려 있던 시신이 스르르 일어난 걸 나그네는 눈치채지 못했어."

내가 생각에 잠겨 있는 동안에도 병우 이야기는 계속 이어지고 있었다.

"왠지 지게가 가벼워졌다고 느낀 바로 그 때. 손 하나가 스윽 다가와 나그네를 절벽 아래로 밀었지."

병우가 두 손을 번쩍 들어 나를 미는 시늉을 하는 바람에 나는 돌부리에 발이 걸릴 뻔했다.

"나그네는 끽 소리도 못하고 당한 거야. 둘은 나그네의 돈주머니를 노린 산적들이었다는 거 아니겠냐. 소름 돋지?"

이 자식! 어쩌자고 하필 저런 이야기를? 욕이 나오는 걸 참으며 앞에 가는 동혁이를 살폈다. 녀석은 교복 상의만 희끄무레하게 떠 있어서 꼭 다리 없는 유령 같았다.

오서산 축제가 있고 나서 보름 뒤, 야자 시간이었다. 병우가 내게 패스한 트럼프 카드 한 장이 하필 동혁이 책상 위로 떨어졌다. 동혁이를 돌아보며 던지라는 손짓을 하다 야자 감독한테 걸렸다. 늘 '닥치고 공부!'를 외쳐 별명이 닥콩인 그는 그냥 넘어가지 않았다.

"너, 기타 좀 치더라. 근데 말야. 진정한 아티스트라면 관객을 쌩까면 안 되지."

복도 바닥에 동혁과 나란히 무릎을 꿇고 앉았을 때, 나 때문에 벌서게 된 걸 사과하는 대신 그렇게 말했다.

"뭐라고?"

벽만 보던 녀석이 고개를 돌렸다.

"너 축제날 객석은 한 번도 안 봤잖아. 관객들 무시하듯이 잘난 척하면서."

동혁이의 입가에 엷은 웃음이 피어나다 사라졌다.

"난 아티스트 같은 거 아냐. 기타를 그리 좋아하지도 않아. 공부만 하며 살고 있다고 생각하고 싶지 않으니까 빠진 척 해 본 거야."

무슨 말인지 알 것도 같았지만 잠자코 있었다. 동혁이가 이제 자신이 사람들 앞에서 기타를 연주하는 일은 없을 거라고 했을 때 이유야 어쨌든 아주 잘된 일이라고 생각했다.

닥콩은 그날 벌을 일찍 중단시켰다. 드문 일이었다.

"박동혁, 넌 백로잖냐. 저어기 산에 사는 까마귀 같은 놈들하고 왜 어울려".

닥콩은 동혁이 어깨를 싸안고 교실로 들어가며 그렇게 말했다.

아들이 졸지에 까마귀가 된 줄도 모르는 엄마는 그날도 나를 학원에 데려다주면서 줄줄이 잔소리를 해댔다.

"네가 집중반에만 들어갈 수 있으면 얼마나 좋을까. 일류대는 따 놓은 건데. 박동혁이라고 입학식 때 신입생 대표로 나왔던 애, 수석 입학에 장학금도 받는다며? 그 애 엄마는 안 먹어도 배부르겠다."

목이 졸리는 기분이 들었다. 공부만을 위해 살지 않으려고 기타를 친다던 녀석에게 분수 모르고 동지애를 느꼈던 내 스스로에게 화가 났다.

"까악! 칵칵칵칵!"

까마귀 울음소리로 목구멍에 가득 찬 욕을 대신했다. 엄마는 질린 듯 입을 다물더니 오디오 볼륨을 키웠다.

며칠 뒤 주말 오후, 논술 과외 가는 길에 지영이를 만났다. 그런데 또 동혁이 얘기였다. 여자애들이 팬클럽을 만들었다는 둥 자기도 가입을 고려 중이라는 둥…… 인상을 와락 구기자 지영이는 생글생글 웃었다.

"농담이야. 내가 너 두고 그러겠어."

불쾌해서 불고기 버거 맛이 느껴지지 않았다.

"그런데 박동혁 걔 얼마 전에 수면제 먹고 자살 기도했대."

지영이가 표정을 심각하게 바꾸더니 말했다.

"헛소문이야."

나는 지영이 말을 일축했다. 지영이는 친구한테 직접 들은 거라 확실하다고 했다.

"걔네 아빠 병원으로 실려 왔대. 극비사항이다. 비밀 지켜야 해."

지영이는 거듭 당부했다.

엄마한테 만큼은 말하고 싶었다. 자살한 여고생에 관한 뉴스에 엄마가 보였던 반응이 떠올라서다.

'에그. 부모가 얼마나 마음이 아플까. 저런 자식은 차라리 처음부터 안 낳는 게 낫지.'

엄마는 혀를 차며 안타까워했다. 동혁이가 자살 기도를 했다는 걸 알게 되면 녀석 엄마가 부럽다는 소리 같은 거 다신 안 하겠지. 하지만 입이 가벼운 엄마 때문에 소문이 퍼졌다간 지영이가 곤란해진다.

"그 자식도 우울증인가? 그럼 얼마 못 가 자살로 생 마감하는 거 아냐? 그런 놈 때문에 괜히 내신 등급만 깎이면 억울한데. 내가 걔한테 쉽게 죽는 법 전수해 줄까. 비 오는 날 전선줄에서 철봉을 한다. 꽃 살무사와 찐한 뽀뽀를 한다. 아니면, 우리 엄마는 삼겹살 먹을 때 상추 못 먹게 하거든. 졸리다고. 그러니까 무농약 상추 열댓 상자를 깨끗이 씻어서 먹고 기다리는 거야. 잠 오기 전에 배 터져 죽으려나."

나는 큭큭 웃으면서 빨대로 콜라를 빨아올렸다. 지영이는 한 반 친구면서 그런 소리를 하다니 실망이라고 했다. 나는 개의치 않고 프렌치프라이를 한입 가득 넣고 씹었다.

"이거 맛이 죽여주네."

지영이가 그렇게 한심한 눈초리로 나를 본 건 처음이었다.

나뭇잎들 위로 툭톡 빗방울이 떨어지기 시작했다. 모인 빗물이 나뭇잎 틈새로 후드득 떨어졌다. 흙에서 비릿한 냄새가 올라왔다.

"여기서부턴 겁나 난코스야."

경사진 언덕길이 나오자 병우가 자청해 앞장을 섰다. 우리는 가파른 비탈을 헉헉대며 기어 올라갔다. 넝쿨에 자꾸만 팔다리가 걸리고 나뭇가지에 늘어진 거미줄이 얼굴에 들러붙었다.

아래쪽에서 귀에 익은 관현악곡이 작게 들려왔다. 야자 한 시간이 끝난 것이다.

'지금쯤 학교는 소동이 났겠군. 까마귀 두 마리보다 백로 한 마리에 더 마음 쓰고 있겠지.'

긁힌 장딴지가 너무나 쓰라렸다.

"사람은 자유로워야 하며……."

앞에 가던 동혁이 혼잣말을 했다.

"뭐라고?"

병우가 돌아봤다.

"저 곡, 〈위풍당당행진곡 G장조 제4곡〉이 처음 연주될 때 어떤 작가가 붙인 시의 서두 내용이래. 그냥 갑자기 생각이 나서."

잠시 뜸을 두었다가 동혁이 다시 입을 열었다.

"그런데 자유가 어떤 거였지?"

그 말은 거미줄처럼 머릿속에 들러붙었다.

'자유?…… 너무 오랫동안 쓰지 않아서 사용법도 생각 안 나. 너도 그 말이 하고 싶은 거야?'

나는 동혁에게 물었다. 대답은 돌아오지 않았다. 당연했다. 마음속으로 던진 말이었으니까. 하지만…… 오늘은 특별한 날이다. 나는 지금 진짜, 레알, 졸라 자유다. 속으로 외쳤다.

―미안. 오늘 못 가. 다음에 보자.

지영이 내켜하지 않아 가까스로 잡은 약속이었다.

시간이 지나 문자를 받았을 때 별로 놀라지 않았다. 그래도 맥이 빠졌다. 터덜터덜 정류장으로 향했다. 버스를 타고 가다가 보고 말았다. 지영이가 동혁이 손을 꼭 잡고 걷고 있는 걸. 연보라색 티셔츠가 눈에 익었다. 틀림없는 지영이었다.

논술을 빠지고 집으로 지영이를 찾아갔다.

"언제부터 동혁이랑 그런 사이야? 둘이 손잡고 가는 거 봤어."

"너 만나러 가다가 우연히 걔를 봤어. 주먹 쥔 손등으로 시멘트 담을 훑으면서 걷고 있더라. 피가 나는 것도 신경 안 쓰고."

그냥 지나칠 수 없어서 가방에 있던 휴지로 상처를 닦아 주고 또 그럴까 봐서 담벼락이 끝날 때까지 같이 걸어 준 거라고 했다. 머리끝까지 피가 치솟는 것 같았다.

"그래서? 손잡고 어디 갔어? 우리 약속은 깨고."

"아무 데도 안 갔어. 고맙고 이제 괜찮으니까 그만 가라고 해서 집으로 왔지."

"쪽팔렸겠네? 혼자 헛물켠 거잖아."

지영이는 한참을 노려보다 돌아서서 문을 쿵 닫았다.

그날 이후 지영이는 전화를 받지 않는다. 몇십 통씩 문자를 보내도 응답이 없다. 나도 모르게 동혁이를 살피게 됐다. 놈이 뭔가 낙서를 하다 종이를 구겨서 버리는 걸 보던 날, 나는 교실 쓰레기통을 뒤졌다. 코를 풀어 버린 휴지와 요구르트 국물로 끈적끈적한 유인물 쪼가리들 사이에 녀석이 버린 종이가 있었다.

―내 의지대로 아무것도…… 내가 살아 있는 걸까…… 차라리 죽어……

오물로 얼룩진 글자들은 알아보기 힘들었지만 맥락상 지

영이의 '지'자도 끼어들 틈은 없어 보였다. 조금은 마음이 놓였다.

  계곡을 따라 이어진 완만한 능선길에 다다를 때쯤 비가 멎었다.
  "영어 학원에 나한테 관심 보이는 중딩 있댔지? 산 넘어가서 불러낼까? 친구도 데려오라고 할게. 아니지, 지금 연락을 해 둬야겠다."
  병우도 동혁이도 호응하지 않았지만 나는 개의치 않고 위치 추적을 당할까 봐 꺼 두었던 폰을 켰다. 엄마한테서 문자가 여러 통 와 있었다. 학교에서 집으로 연락이 간 모양이다.

    -친구들 데리고 나올 수 있지?

  중딩 귀요미에게 문자를 치다가 물었다.
  "박동혁, 너도 같이 갈래?"
  내가 왜 동혁이한테 그딴 소리를 했을까. 산을 넘어가면 녀석은 보나마나 뒤도 안 돌아보고 제 길로 가 버릴 텐데. 우리가 별 일 없이 산 아래까지 갈 수 있을 때의 일이지만.
  "난……."

말을 꺼내던 동혁이는 한참 동안 뒷말을 잇지 않았다.
 '짜식, 왜 이렇게 뜸을 들이는 거야? 생각이 있으면 있다고 하면 되지. 좋아. 선심이다.'

 ─폭탄도 하나 데꾸 와. 꼭이야.

 그렇게 덧붙여 전송을 한 뒤에야 비로소 '난 됐어.' 하는 녀석의 대답이 들려왔다.
 "다리 나오려면 멀었어?"
 나란히 서서 계곡을 향해 오줌을 갈기는 동안 병우에게 물었다.
 "물소리가 작네. 비도 왔는데."
 병우는 딴청을 부리고 있었다.
 "야! 다리 건너가면 바위 언덕이랬잖아. 멀었냐고!"
 "그러지 말고 잘 이야기해 보면 안 되겠냐?"
 "……무슨 뜻이야?"
 "나 정말 안 오고 싶었어. 우정 때문에 온 거야. 시원이 네가 걱정돼서."
 허! 우정? 속으로 코웃음을 쳤다. 내겐 한마디 정보도 안 주고 저 혼자만 인맥 써서 룰루랄라 봉사 할당량을 채운 놈이.

"이게 나 혼자만 걸린 일이야? 커닝한 거 뽀록나 빵점 처리되면 아빠한테 맞아 죽는다고 몇날 며칠 징징거렸잖아!"

"그러니까 말로 해 보자고. 말로. 쟤가 꼭 우릴 꼰지른단 보장도 없고."

간절한 음성이었다.

"아니, 시도라도 해 볼 거야. 네가 안 하면 나 혼자라도 해."

병우는 더 이상 말하지 않았다.

시험 마지막 날은 수학과 사탐이었다. 시험 기간 내내 그랬지만, 그날은 특히 공부에 집중이 안 됐다. 가장 쉬운 연산조차 자꾸 계산이 틀렸다. 수학만 파다 보니 사탐은 반도 훑지 못한 채 아침을 맞았다. 사탐은 암기 과목 중에서도 제일 싫은 과목으로 비중은 낮아도 늘 내 평균 점수를 갉아먹는 슈퍼급 괴저 박테리아였다. 죽었다! 머리를 책상에 쿵쿵 박고 있을 때 병우한테서 문자가 왔다.

-아무래도 박동혁이 본 것 같아. 우리가 커닝 쪽지 주고받는 거.

다음 날 온종일 안절부절 동혁이 눈치만 살폈다. 녀석에게선 별다른 낌새가 없었다. 저녁 급식 시간에 슬며시 말을 걸었다.

"너 봤어? 병우랑 나……."

제정신을 잃었던 게 분명하다. 녀석이 무슨 기미를 보인 것도 아닌데 자청해서 물었으니.

"글쎄…… 봤다면?"

녀석은 방울토마토를 우물거리며 히죽였다. 본 게 틀림없었다.

"그냥 장난으로 해 봤어. 재미 삼아서."

"그래서 자꾸 하는 거야?"

동혁이 말투엔 조롱도 위협도 담겨 있지 않았다. 하지만 내 얼굴은 달아올랐다. 처음이 아닌 것까지 알고 있을 줄은 몰랐다.

발밑에서 너울대던 불빛이 갑자기 꺼졌다. 병우가 헉, 신음 소리를 냈다.

"손전등 건전지 다 됐나 봐."

다리를 몇 걸음 앞두고서였다.

한 발만 내딛었을 뿐인데도 나무다리는 심하게 출렁였다. 나는 휴대폰 플래시를 켜 들고 걸었다. 앞에 가는 동혁이 녀석은 한참 동안 목소리를 내지 않고 있었다. 그저 앞에서 들려오는 삐걱거리는 소리로 녀석이 앞쪽에서 가고 있다고 짐

작할 수 있을 뿐.

"애들아, 나, 배꼽이 존나 작아."

좀 전 대화 이후로는 입을 꾹 다물고만 있던 병우가 갑자기 입을 열었다.

"수영장엘 못 간다. 젠장, 공부로 극복해 보려 했는데 성적도 그지같이 안 오르고 죽겠다, 증말."

"하하. 친구야, 그건 공부로 극복될 문제가 아냐. 성형외과 가서 견적 받아 봐."

- 오빠, 우리 어디로 나갈까용?

귀요미가 보내온 답장에 - 음. 어디가 좋을까? 하고 문자를 쓰면서도 웃음을 참을 수 없었다.

"지금 웃음이 나오냐. 남 심각하게 말하는데".

병우가 뒤로 슬그머니 다가와 두 손으로 내 목을 휘감았다.

"난 진짜 심각하단 말이야."

"하지 마! 이거 풀어. 새끼야."

캑캑 밭은기침을 하며 몸을 뒤틀었다. 순간 들고 있던 휴대폰이 녀석의 팔꿈치에 맞으며 튕겨졌다. 나는 휴대폰이 퍼런 곡선을 그리며 어두운 허공 속으로 사라져 가는 걸 멍하니 바라봤다. 삽시간에 주위가 어두워졌다. 계곡을 흐르는 물소리가 갑자기 크게 느껴졌다.

"야! 이 미친놈…… 내 폰 어쩔 거야."

사실 휴대폰 같은 건 그다지 중요하지 않았다. 뭔가 내 뜻대로 풀리지 않을 것 같다는 나쁜 예감. 허공에 대고 뭐라도 소리치지 않고는 견딜 수 없는 기분. 속이 메슥거렸다.

"시원아, 돌아가자. 이렇게 깜깜한데 계속 가는 건 미친 짓이야."

차라리 잘됐다는 투였다.

"다수결로 해. 박동혁! 너는 어떻게 하고 싶어? 이건 아니지? 돌아가는 게 맞는 거지?"

동혁이 쪽에선 한참 동안 어떤 기척도, 움직임도 없었다.

"박동혁!"

병우가 채근하듯 다시 동혁이를 불렀다. 저만큼에서 나무 판자가 삐걱 소리를 냈다. 나는 눈으로 소리가 들려온 쪽 언저리를 더듬었다.

"계속 가자. 힘들게 여기까지 왔는데."

단단한 음성이 가소로웠다.

'짜식, 제 처지도 모르고 무게 잡긴.'

다리 가장자리에 쳐진 로프에 의지해 한 발 한 발 앞으로 나아갔다. 금방이라도 밑에서 보이지 않는 손이 쑥 올라와 나를 끌어내릴 것 같아서 다리가 후들거렸다. 문득 고개를 드니 정상 쪽에서 깜빡이는 붉은빛이 보였다. 경고 신호인가? 나도 모르게 든 생각이었다.

병우 말대로 그냥 돌아가는 게 나을지도 모른다. 평소 같으면 지금쯤 병우나 나나 수학 공식 하나라도 더 머리에 욱여넣으려고 안간힘을 쓰고 있을 텐데. 어쩌다 이렇게 돼 버린 걸까.

다리를 건너자마자 병우는 저녁 먹은 걸 모두 게워 냈다. 목적지인 바위 언덕에 기어올랐을 때는 구름 사이로 달이 얼굴을 내밀고 있었다. 계획대로라면 그곳에서 병우가 쉬어가자는 말을 꺼내야 했다. 하지만 녀석은 웅크려 앉은 채 말이 없었다. 동혁이도 지친 듯 바위 끄트머리에 주저앉았.

'박동혁, 그대로 돌아보지 마라. 마음 약해지고 싶지 않으니까……'

나는 천천히 동혁이 쪽으로 다가가며 짧게 휘파람을 불었다. 병우와 내가 정한 신호였다. 병우가 내 쪽을 보며 느릿느릿 몸을 일으키는 게 보였다.

'그래, 김병우. 간단한 일이잖아.'

요 며칠 간 끈질기게 병우를 설득했다.

'한번 시도나 해 보자. 어차피 자살 기도도 한 적 있는 놈이야. 바위에서 쉬고 있는데 갑자기 혼자 뛰어내렸다고 하면 돼. 누가 의심하겠어.'

복도에서 펼친 우리들의 2인극에 걸려든 건 감정이입이 제대로 된 병우의 연기 덕분이었다. 역시 배우가 꿈인 놈은 달랐다.

동혁이 등 뒤로 가까이 갔지만 더는 앞으로 나갈 수 없었다. 이상하게 다리가 움직여 주지 않았다.

"동혁아, 뒤 조심해!"

병우가 외쳤다. 동혁이가 고개를 돌리는 순간 나는 균형을 잃었고 그대로 미끄러졌다. 주르르 아래로 내려가다가 손에 걸리는 나무뿌리를 간신히 움켜잡았다.

"살려 줘!"

환한 빛이 허공에서 흔들리다 내 쪽으로 쏟아졌다.

'뭐야, 손전등? 건전지 나간 거 아니었어? 병우, 저 자식!'

"잡아!"

동혁이 손은 아주 차가웠다. 나는 있는 힘껏 그 손에 매달렸다. 맞잡은 녀석의 손등에서 딱딱한 상처 자국이 느껴졌다. 내 손에서 힘이 스르르 빠졌다.

죽을 힘을 다해 팔다리를 휘저었다. 숨이 막혀서 컥컥 소리가 났다. 참았던 숨을 들이쉬자 물이 코와 입으로 밀려들어 왔다. 몸이 자꾸만 밑으로 가라앉았다. 여기서 이렇게 죽는 건가, 의식이 가물가물거릴 때 누군가가 나를 위로 끌어 올렸다.

"이시원! 이시원!"

외치는 소리가 아득하게 들려왔다. 가슴뼈가 빠개질 듯 아파 눈을 떴다. 병우가 내 가슴팍을 힘주어 눌러대고 있었다. 울컥, 구토감이 일어 손을 밀쳐 냈다. 일어나 앉아 캑캑 물을 토해 냈다.

"아, 이제 됐다."

병우가 크게 한숨을 쉬었다.

"너, 정말 죽었을지도 몰라. 동혁이 아니었으면."

병우가 울먹였다.

"……황제의 염 당할 뻔했네."

나는 가까스로 한마디 내뱉었다. 그러고는 다시 누워 버렸다. 세상이 왜 이렇게 낯설어 보일까. 저 높이 뜬 게 달인가 보다. 그 옆에 깜빡이는 것들은 별이겠지. 동혁이가 내려다보고 있는 걸 알았지만 마주볼 수 없었다.

멀리 내려다보이는 학교 건물은 아주 작았다.

"시시해."

내가 중얼거리자 병우도 고개를 끄떡였다.

"맞아, 시시해."

일어선 병우가 잔돌을 하나 집어 들더니 산등성이 철탑을 겨냥해 강속구를 날렸다. 딱, 경쾌한 소리를 내며 돌이 명중되는 소리가 났다. 철탑 꼭대기에서 빛이 번쩍였다. 다리를 건너면서 보았던 항공장애등이다.

"저 아래가 우리 외갓집이야."

우리는 병우가 가리키는 쪽으로 고개를 돌렸다. 산 아래 도로에는 자동차 불빛이 드문드문 흘러가고 아파트 단지의 불빛이 어둠 속에 점점이 빛나고 있었다. 병우가 이리저리 돌을 주워 모으러 다니는 동안 동혁이와 나만 남았다.

"물 깊더라."

뭔가 말을 건네려 했지만 적당한 다른 말이 떠오르지 않았다.

"살고 싶은 사람한텐 깊었을 거야."

동혁이가 대꾸했다.

"죽고 싶어 하는 사람한텐 얕았단 뜻이야?"

내 말에 동혁이는 놀란 표정으로 나를 바라보다 고개를 돌렸다.

"······아깐 왜 망설였어?"

동혁이 말을 들었을 때 그리 놀라지는 않았다. 그래도 당황한 빛이 내 얼굴에 나타났을 것이다. 나도 그때 왜 다리가 안 움직여졌는지 궁금했다. 그보다 내가 왜 동혁이를 이 산꼭대기로 데리고 와야 했는지도 이제 와서는 알 수가 없었다.

미안하다고 해야 하나? 아니면, 알면서 왜 여기까지 왔느냐고 욕을 퍼부어 줄까. 온몸을 휘감던 계곡물처럼 생각들이 머릿속에서 끝없이 맴돌았다. 나는 입을 꾹 다문 채 동혁이 옆얼굴만 쏘아보았다. 병우가 던지는 돌이 철탑 다리에 명중되는 소리가 딱딱, 울려왔다.

"만약 다음에 기회가 다시 온다면 그땐 제대로 해 줄게. 넌 내 생명의 은인이니까."

내 말에 동혁이가 처음으로 소리 내 웃었다. 정말 깬다. 보조개가 들어가는 귀여운 얼굴이다! 지영이는 보조개 들어가는 남자는 질색이라고 했지, 아마. 가슴을 쫙 펴려고 했지만 젖은 교복에서 느껴지는 한기에 몸이 저절로 웅크려졌다.

"근데 동혁이 너, 왜 내 점퍼를 입고 있냐?"

"물에 빠진 사람 구해 주니까 점퍼 내놓으라고? 나쁜 놈!"

어느새 곁으로 온 병우가 자기 점퍼를 벗어 내 어깨에 걸

쳐 주며 말했다. 음성이 과하게 크다는 생각이 들었지만 반박할 마음은 없었다.

"배고프다. 우리 뭐든 먹으러 가자."

동혁이 말에 나도, 병우도 이의를 달지 않았다. 비탈로 내려서니 다시 숲길이 시작됐다. 젖은 나뭇잎 냄새가 났다.

"걸을 수 있겠어?"

병우가 부축하듯 내 어깨를 잡았다. 뒤에서 동혁이가 손전등을 켰다.

ппвпп
뚱보균과 도넛

학원차를 놓쳐서 버스를 탔다. 내가 다가가자 대학생쯤 돼 보이는 두 남자가 멀찍이 떨어져 앉으며 자리를 내주는 시늉을 했다. 불필요한 행동이었다. 맨 뒷좌석엔 공간이 넉넉히 비어 있었다.

학원을 마치자마자 도넛 가게로 직행했다. 이 달의 신 메뉴가 나오는 날이었다.

"쟤 좀 봐, 하마 같아. 살 좀 빼지 저게 뭐야."

수군대는 소리가 들렸다. 못 들은 척 단어장에 눈길을 박고 있었지만 더 이상 단어가 머리에 안 들어왔다. 한 귀에 꽂았던 이어폰을 살그머니 뽑고 휴대폰, 책을 주섬주섬 가방에 챙겨 넣었다.

"남 체형 갖고 함부로 말하지 마세요. 사정이 있을지도 모르잖아요. 병이 있거나, 체중을 줄이면 부작용 오는 체질이거나."

부드러우나 야무진 음성이었다. 나는 일어서면서 조금 비틀거려 주었다. 정말 나쁜 병에라도 걸린 사람처럼. 출입문 쪽으로 가며 곁눈질을 하니 내 또래 여자애가 자신 옆 테이블의 두 여자 중 하나를 쏘아보고 있었다. 눈이 동그랗고 예뻤다. 여자애 앞 테이블에 놓인 통통한 도넛 두 개는 모두 이달의 신 메뉴였다. 나처럼 신제품을 꼭 먹어 봐야 직성이 풀리는 도넛 덕후인 듯 했다. 나랑 교복이 같았다. 통통한 어깨살로 교복 반소매가 위로 바짝 올라가 붙은 것도, 소매 밑으로 살이 불룩 솟은 모습도 나와 무척 닮아 보였다.

'아! 그 아이구나!'

직접 본 적은 없어도 그 애에 대해 들어는 봤다. 학교 층계에서 동급생 아이가 발을 헛디뎌 구를 때 단지 층계 중간에 있었던 것만으로 생명을 구해 냈다는 최강 라이브 에어백 쿠션의 주인공, 조유나임에 틀림없었다.

고등학교 2학년에 올라가며 우리는 한 반이 됐다. 함께 있으면 더 눈에 띌 게 뻔했으니, 서로 멀리하는 게 나을 수도 있었겠지만 우리는 늘 붙어 다녔다. 어슷비슷한 부류끼리 무리 지어 다니는 다른 아이들처럼. 두 명을 무리라고 할 수 있는지 모르지만. 유나는 자신의 엄마를 '우리 원장님'이라고 호칭했다. 하도 구박을 당해서 자신은 고아나 마찬가지라며 웃었다.

유나는 우리 둘을 일컬어 긁지 않은 복권이라고 말하곤 했다.

"그렇지 않니? 살만 빼면 우리가 뭐가 모자라겠어. 오히려 비린내 나게 깡마르고 못난 애들보다 우리가 훨씬 가능성 있어."

유나 말은 그럴듯했다. 반 아이들은 대개 걸그룹 스타들 몸매를 동경해서 살 빼야 한다는 말을 입에 달고 살았다. 학교에 가면 우선 체육복부터 갈아입고 보는 우리와 달리 아이들은 교복을 숨이 막힐 정도로 꽉 끼게 줄여 입고 다녔다. 객관적으로 볼 때 결코 예쁘다 할 수 없는 외모를 하고서도 유나와 내 앞에선 근거 없는 자부심을 감추지 않는 애들을 우린 뒤에서 실컷 비웃었다. 지들이 짱인지도 모르고 대단한 착각들을 하고 있다고.

살만 빼면 대박이라고 주장하면서도 우리는 결코 날씬한 몸매를 추구하지 않았다. 꿋꿋이 매점을, 학교 앞 도넛 가게를 들락거렸다. 꼭 맛을 봐야 할 메뉴들이 달마다 새롭게 출시되어 진열장에서 우리를 기다렸다. 내가 지난 밤 예능 프로에 나온 개그맨 대사나 몸짓을 흉내 내느라 씹던 도넛을 입 밖으로 뿜어내면 유나는 '야, 입맛 떨어져!' 하고 얼굴을 찌푸렸다. 유나가 두툼한 혀로 도넛 위 초코 크림을 핥는 모양을 보면 나 역시 비위가 상하긴 마찬가지였다. 누군가 우리 체중에 대해 놀릴 기미라도 보이면 유나는 나처럼 참지 않았다. 유나와 함께 있으면 재미있고 든든했다.

구박까진 아니어도 아빠는 도대체 왜 살을 빼지 않는 거냐고, 왜 그렇게 계속 먹기만 하느냐고 끌탕을 했다. '쟤가 마음먹고 노력만 하면 우주인이 우주복 벗듯 저 살을 벗어 버릴 수 있을 텐데. 결심만 하면 저 퉁퉁한 고치에서 쏙 하고 빠져 나올 수 있을 텐데 말야.' 하고 엄마도 내 편을 들어 주는 척하면서 교묘히 압박을 했다.

내 탐식의 맨 처음 기억에는 갈피끈이 있다. 그림책을 떼고 처음 받은 동화책 사이에 구운 오징어 다리 비스름한 게 길게 늘어져 있었다. 마른 오징어는 건조하는 과정이 비위생적이라고 금지시킨 음식이었다. 끈을 책갈피 사이에서 잡아당겨 입에 넣고 혀로 핥다가 잘근잘근 씹어 봤다. 침에 축축이 젖은 끈에서 찝질한 맛이 났다. 엄마는 놀라서 책을 빼

앉았고 나는 버둥거리며 울었다. 이후부터 새로 받은 책에는 갈피끈이 없거나 아예 싹둑 잘려져 있었다.

내 인생 속에도 질긴 끈이 하나 끼워져 있다. 엄마, 아빠는 내가 아직 소아 비만을 진단을 받기 전인 네 살 무렵 몸무게에 멋대로 갈피끈을 꽂아 두고 요지부동 다른 페이지로 넘길 줄을 모른다. 아주 가끔은 태어날 때의 몸무게 3.4킬로그램으로 옮겨지기도 한다. 그들은 70킬로그램이 넘는 내 현재 모습을 도무지 받아들이지 않는다.

"내 정체성은 몸무게나 키로 한정지을 수 없는 존엄한 것이야. 인간은 죽은 뒤에 체중을 남기지 않아. 살았을 때 말라깽이였는지 뚱뚱보였는지 따위로 기억되지 않아."

그렇게 항변하면 가족들은 내 앞에서 거리낌 없이 웃음 섞인 시선을 교환했다. 내가 씩씩거리며 노려보면 그들은 '우리 네 건강이 걱정돼서 그러는 거야. 동물성 지방이 축적되면 콜레스테롤 수치가 높아지고 고지혈증이나 동맥경화가 올 수 있어.' 하고 겁박했다.

"비만이 건강에 해로울 거라는 지식은 잘못된 학설이었다는 게 최근에 밝혀졌어. 오히려 마른 사람들보다 비만한 사람들이 더 건강하고 오래 산다는 연구 결과도 있었어. 게다가, 날씬하다는 기준은 모호해서 시대나 지역에 따라 편차가

커. 내가 만약 르네상스 시대에 유럽에 태어났더라면 루벤스 같은 화가가 길 가는 나를 쫓아와 모델이 돼 달라고 간청했을지도 몰라."

"타임머신이라도 타고 그 시대로 가 버리든지. 21세기 여성의 미적 기준은 뭐니 뭐니 해도 날씬함이 살아 있는 라인이야."

오빠라는 사람이 내 말을 막는 순간 한숨이 나왔다. 어느 시인의 시구처럼 왜 인간은 모두 여자 아니면 남자여야 하는지…… 왜 여자는 가녀리단 소리를 듣기 위해 다이어트를 하고 남자는 몸이 좋다는 소리를 듣기 위해 헬스장을 다녀야 하는가 말이다.

나는 미술 동아리에서 활동 중이다. 데생을 처음 배우던 날, 담당 선생님께 다비드 상이 아닌 소크라테스 상을 그려도 되는지 여쭈었다. 선생님이 이유를 알고 싶어 해서 '다양한 모델을 그려 봐야 실력이 늘 것 같아서요.' 하고 둘러댔지만 사실은 다른 이유가 있었다.

예술의 전당에서 개최된 〈그리스 로마 신화전〉을 학교 단체로 관람한 적이 있다. 팔등신 미남 미녀들의 대리석 조각상 틈에 유독 내 눈길을 끈 남자가 있었다. 그는 두상이 커다랗고 둥근 편이었다. 앞이마가 벗겨져서 둥근 얼굴이 더 크게 보였고 키가 작달막했다. 배는 고대 그리스인들이 귀한 손님에게만 선물했다는 항아리처럼 불룩했다. 3대 성인 중의 하나였던 소크라테스 상 앞에는 관람객이 나말고는 거의 없었다. 그는 홀대 받고 있었다. 내가 그 시대에 살았다면 고매한 정신세계를 가진 그를 사랑했을 것이다. 미술부 선생님은 내게, 정 그리고 싶으면 그려도 되지만 학교에는 소크라테스 상이 없다고 했다. 그리려는 사람이 드물기 때문이다. 예술가 지망생들도 대상의 내적 아름다움보다 외양에만 집착한다는 현실이 개탄스러웠다.

유나는 무명 인디 가수 K를 좋아했다.
"이 노래 좀 들어 봐. 자연스러운 리듬, 맑고 울림 있는 기타 반주, 제일 중요한 건 쉬우면서도 개념 있는 가사야."
유나가 하도 열성적이라 나도 관심이 생겼다. K는 사랑 노래를 부르지 않았다. 자신이 어떻든 누가 되었든 사랑하며 살아가자고 용기를 주고 격려하는 노래를 고집했다. 나는 가수들이 항상 연애 중인 척하는 가사의 노래만 부르는 거, 좀 우습다고 생각하는 편이다. 누구나 다 지금 사랑에 빠져 있거나 방금 실연을 했거나 하진 않으니까. 사랑에 빠진 느낌을 맛보고 싶어 사랑 노래를 들어야겠다면 말릴 생각은 없다.

고대하던 K의 라이브 콘서트 첫날이었다. 유나는 왠지 공연장 앞에서 만났을 때부터 기분이 언짢아 보였다. 준비해 온 꽃다발 속 해바라기처럼 고개가 푹 꺾여 있었다. 엄마한테 또 구박을 당했나 보다 했다. 배가 가려지는 긴 점퍼에 통바지를 입은 나와 달리 유나는 프릴 달린 핑크색 원피스를 입고 핑크색 헤어밴드까지 온통 핑크빛 차림이었다. 공연 시작 전 우리는 대기실로 K를 찾아갔다. 먼저 온 여자애들이 K를 둘러싸고 있었다. 아직 초여름인데도 그 애들은 소매 없는 티에 짧은 반바지 차림새였다. 유나와 나는 신어 볼 일 없는, 가느다란 종아리가 드러나는 샌들. 어떻게 엄지발가락 위에 말린 자두처럼 세로 주름이 저렇게나 많이 잡힐 수 있지? 안 보는 척하면서 그 애들 발가락을 자꾸 흘깃거렸다.

K는 도넛 마니아라 언제나 아침을 도넛과 커피 한 잔으로 시작한다더니 몸집이 컸다. 그가 앉은 커다란 안락의자가 협소해 보일 정도였다.

"오빠, 보이는 건 잠깐이고 보이지 않는 건 영원하다고 노래하셨죠. 그러니까 보이는 외모보다 보이지 않는 정신이 중요하다는 의미인가요?"

유나가 다짜고짜 그렇게 노골적인 질문을 할 줄 몰랐다.

그는 당혹스런 시선으로 나와 유나를 번갈아 보며 말을 고르는 듯 했다.

"육체는, 육체도…… 중요하지."

난감했다. K가 뭔가 말을 더 하려고 입을 벌리는 참이었는데 유나가 선물도 주지 않고 앨범에 사인도 받지 않은 채 휙 돌아서서 뛰쳐나갔기 때문이다. K가 의자 아래 툭 떨어진 유나의 편지를 집어 드는 걸 봤지만 나는 그냥 유나를 쫓아 달려 나갔다.

내가 뒤에서 부르는데도 유나는 계속 달렸다. 숨이 차서 더는 못 쫓아갈 정도가 됐을 때 유나가 걸음을 멈췄다. 철로 위를 가로지르는 육교 위에서였다.

"아까 콘서트장 가는데 어떤 사람이 따라와서 모델 해 볼 생각 없느냐고 했어."

유나가 숨 찬 목소리로 말했다.

"설마 말로만 듣던 그 길거리 캐스팅?"

"누워만 있어도 살 빠지는 다이어트 프로그램 모델이래. 몸무게 30킬로그램을 빼는 조건이랬어."

웃음이 나오려 했지만 감히 못 웃었다. 석양을 받은 유나 눈빛이 무서웠다.

"너도 느꼈지? K가 그 애들 보는 눈하고 우리를 보는 눈이

완선히 달랐어."

유나는 K가 좋아한다는 해바라기 꽃다발과 시디 앨범, 구슬을 일일이 꿰어 만든 팔찌가 든 종이 상자를 아래로 던졌다. 편지를 흘리고 온 건 모르는 것 같았다.

"작고 연약하다는 건 어떤 느낌일까?"

나도 모르게 입에서 그런 말이 입에서 튀어나왔다. 유나는 대답하지 않았다. 육중한 전동차가 해바라기를 짓뭉개며 지나가는 걸 묵묵히 내려다볼 뿐이었다.

"우리 한번 살 빼 볼래?"

가볍게 꺼낸 말이었다. 순간, 유나가 두 손으로 양쪽 귀를 막더니 "으악!" 하고 소리를 지르기 시작했다. 뭉크의 그림에 나오는 사람처럼. 유나의 커다란 비명 소리가 주변으로 퍼져 나갔다. 나는 혹시라도 아래로 뛰어내릴까 봐 벌벌 떨며 유나 팔뚝을 두 손으로 움켜잡고 있었다. 흘끔거리며 지나가는 사람들 눈에는 우리 둘이 분신처럼 똑같아 보였을 것이다. 내 눈에도 유나는 또 하나의 나였으니까. 유나와 같다는 사실이 그토록 끔찍하게 싫어지긴 처음이었다. 다행히도 유나는 소리 지르기를 멈췄다. 그러고는 아무 말 없이 떠나 버렸다.

나는 다이어트를 시작했다. 전에는 남몰래 시작했다가 혼자 끝내곤 했지만 이번엔 가족들에게 협조해 달라고 부탁했다. 가족들은 대환영이었다. 집에서는 되도록 밥을 따로 먹었다. 냄새만 맡아도 괴로운데 음식을 보면 참을 수 없을 것 같았다. 학교에선 유나가 의식되긴 했지만 이미 동맹은 깨진 상태였으니 어쩌면 더 수월했다. 매점을 끊고 학교 앞 도넛 가게와 분식집을 피해 먼 길로 돌아 다녔다. 살은 생각만큼 쭉쭉 빠져 주지 않았다.

  인터넷에서 식욕억제제와 다이어트 약에 관한 수많은 끔찍한 부작용 사례들을 봤기 때문에 그쪽은 시도할 마음이 없었다. 식이조절과 운동 요법이 최선의 방법이지만 운동보다는 식이조절이라는 결론을 내렸다. 결국 선택한 게 '씹뱉'이었다. 입에서 씹거나 녹이다가 뱉어 버리기. 왜 꼭 포만감을 느껴야 하나, 전부터 의아했다. 맛을 느끼는 건 혀다. 위나 소장 같은 소화 기관에는 미뢰가 없다. 생각과 달리 삼키고 싶은 욕망을 이기지 못 하고 목으로 넘겨 버릴 때도 있었다. 그래서 스스로에게 주문을 걸었다. 식탁 위 음식들이 먹을 수 없는 인조물이라고. 식당 앞 쇼윈도에 진열된 음식 모형들처럼 파라핀 냄새가 나고 고무 맛이 날거라고. 저 음식들을 먹으면 소화 기관들이 상처를 입고 아플 거라고. 내 몸이 내 거짓말을 믿었을까? 믿는 척해 준 걸까. 어느 날부터 초코와 페퍼민트가 섞인 아이스크림의 꾸덕함이나 도넛의 쫄깃 촉촉함, 치킨 너겟의 따끈 바삭함을 떠올려도 입에 침이 고이지 않았다.

멀어진 유나를 볼 때마다 슬펐지만 콧날이 드러나고 턱선이 갸름해진 거울 속 내 모습은 위로가 됐다. 교복 치마허리가 헐렁해지고 교복 상의를 풀지 않고도 앉을 수 있게 돼서 체육복 대신 교복을 입고 수업을 듣기 시작했다. 반 아이들이 날 보는 시선도 조금씩 변했다.

"이거 먹을래?"

기운 없이 자리에 앉아 있는 내게 유나가 샌드위치를 내밀었다.

"고마워."

허기는 졌지만 식욕은 없었는데 받았다. 반가웠다. 유나가 내게 말을 건 게 얼마만인지. 멀어진 동안 많이 그리웠던가 보다. 유나는 가지 않고 서 있었다. 먹는 걸 꼭 지켜봐야겠다는 듯이. 손톱만큼만 베어 물었다. 양송이버섯의 향긋함이 느껴졌다. 천천히 조금씩 씹어서 목으로 넘겼다. 체육복 밑에 불룩하게 나온 배. 눈이 파묻히게 빵빵해진 얼굴, 유나가 이전보다 더 살이 찐 듯 보여 안타까웠다. 다이어트를 하고 안 하는 건 개인적 선택이니 어쩔 수 없는 일이었다. 그래도 나는 다이어트를 더 열심히 해야지, 다짐했다.

"너 혹시…… 씹뱉해?"

우린 전에 씹뱉을 하는 애들을 가장 경멸했다. 그런 짓은 음식에 대한 모독이었다. 성직자가 미사 시간에 성체를 다루듯 우리는 음식을 마지막 부스러기까지 소중히 긁어모아 남김없이, 깨끗이 먹기를 당연시 여겼다.

"……아냐. 그냥 요즘 식욕이 없어."

"물 위에 비친 구름."

"어?"

"전에 네가 그랬잖아. 우리들 외모는 물에 비친 구름 같은 거라고. 자꾸 변하니까. 실체 없는 허상 같은 거라고."

그때 그러지 않았으면 좋았을 텐데, 나는 내가 왜 그런 말 했었나? 하는 표정을 지어 보였다.

"그 말이 내겐 많이 위로가 됐었어."

순간, 씹어 삼키던 아보카도 조각이 목에 걸리는 것 같았다. 속이 거북해 화장실로 달려갔다. 다 토하고 변기의 물을 내리며 생각했다. 내가 구름 이야기를 잊은 척해서 상처를 받았을까. 마음이 아팠다. 그래도…… 얼마나 다행이야. 빵이 다른 음식보다 쉽게 토해지는 걸 알게 됐으니.

우리 학교엔 급식실이 따로 없다. 워낙 좁아서 급식실을 확보할 공간이 없었다고 한다. 점심시간이면 조리실에서 음식을 교실로 가져와 급식 당번이 배식을 한다. 그 날은 유나가 국 담당이었다. 당번이 친한 애들한테만 맛있는 음식을 듬뿍듬뿍 퍼 주는 걸 감시하기 위함인지 모르겠지만, 보통은 담임 감독 하에 배식을 한다. 가끔은 담임이 늦을 때도 있는데 그날도 그랬다. 아이들은 식판을 든 채 줄을 서 있었다. 급식 메뉴는 토마토 스파게티와 양송이 수프였다. 크림에 버터, 치즈가 듬뿍 들어간 진한 양송이 수프 향이 교실 가득 퍼졌다. 과일 두 쪽, 삶은 계란 한 개가 담긴 도시락을 열다가 문득 보니, 유나가 흰색 앞치마 주머니에서 비닐봉지에 든 뭔가를 꺼내 대형 냄비에 슬며시 털어 넣었다. 그러고는 국자로 휘휘 저으며 혼자 웃는 것이었다. 뭘 넣은 걸까, 잘못 본 건가, 생각이 들었다. 유나는 내게도 수프를 한 그릇 떠다 줬다. 고지방 저탄수화물 음식이니까 마음 놓고 먹으라면서.

"너희들 피르미쿠트라고 들어 봤니?"

아직 점심시간이 끝나려면 5분 정도 남아 있을 때였다. 나는 책상에 엎드려 있었다. 다이어트를 시작하면서부터 전에 없던 두통이 생겼다. 아이들이 내는 온갖 잡음이 짜증스러워서 수업 종이 치기만 기다리는 중이었다. 익숙한 목소리에 고개를 들었더니, 교단 위에 유나가 올라서 있었다.

"미생물인데 우리말로는 뚱보균이라고 해."

아직은 애들 모두가 유나 말에 주의를 기울이고 있진 않았다. 몇몇은 여전히 무리 지어 수다를 떨었고 또 몇몇은 거울을 보며 머리를 빗거나 핸드폰으로 유튜브 영상을 보고 있었다.

"얼마 전에 병원 가서 검사 받았는데 내가 이렇게 뚱뚱한 이유는 배 속에 뚱보균이 있어서래. 그래서 아무리 애써도 살이 빠지지 않고 계속 찌기만 한대. 의사 선생님이 내 배 속에서 채취한 균을 조금 주셨어. 이거야."

유나가 높이 들어 보인 건 아까 그 비닐봉지였다. 애들은 이제 모두 유나 말에 집중하고 있었다. 작게 수군대는 소리는 났지만 유나 말에 대한 반응들이었다. 유나는 잠시 말을 끊고 반 아이들을 천천히 둘러봤다. 그 시선이 내게 머물렀다가 비켜 갈 때 왜인지 오싹한 기분이 들었다.

"이제 너희 다 뚱보가 될 거야. 아까 수프에 이걸 넣었거든. 이게 배 속에서 무한 증식돼서 너희들을 모두 뚱보로 만들 거야. 식욕이 점점 강해질 거고 물만 먹어도 살이 찔 거야. 아하하하!"

유나가 몸을 뒤틀며 웃기 시작했다. 교실 안에는 잠시 정

적이 흘렀다. 갑자기 누군가가 "으아악!" 하고 소리를 냈다. 이어서 또 다른 누군가도 "꺄아악!" 하고 괴성을 질렀다. 아이들이 내는 비명 소리가 물결처럼 파도처럼 반 전체로 퍼져 나갔다. 어느 결에 나도 소리를 지르고 있었다. 아이들이 책상을 손으로 두들기고 발을 탕탕 구르고 교실 바닥에 주저앉아 배를 움켜쥐고 몸부림치며 우는 천태만상을 내려다보면서도 유나는 웃음을 멈추지 않았다. 유나가 미웠다.

'얼마나 힘들게 애써서 뺀 살인데, 나를 다시 하마로 불리던 시절로 되돌아가게 만들다니. 절대 용서 못 해!'

내 분노를 느꼈는지, 유나도 나를 마주 노려보았다. 어느 샌가 옆 반 아이들도 모두 몰려와 창문으로 소동을 구경하기 시작했다. 앞자리의 아이들 몇몇이 유나에게 달려들었다. 넘어뜨리려 했지만 안 되자 머리끄덩이를 잡고 흔들었다. 유나는 양손으로 머리를 감싸며 교탁 아래 주저앉았다. 담임선생님은 물론이고 옆 반, 그 옆 반 선생님들까지 무슨 일인가 놀라 뛰어왔다. 선생님들이 상황을 파악하고 사태를 진정시키려 애썼지만 교실 가득한 괴성과 울음소리는 쉬 잦아들지 않았다.

그날 우리 반 아이들은 특별히 단체로 조퇴를 허락받았다. 구급차에 실려 간 애들도 있었다. 그중 몇 명은 며칠간 결석을 하거나 심리 치료를 받으러 다녔다. 그날 교장실에 불려 간 유나는 자신이 수프에 넣은 건 똥보균이 아니고 말린 파슬리 가루였다고 실토했다.

영양사 선생님도 파슬리 가루가 맞다고 확인해 주었다. 수프를 푸기 바로 전에 넣어야 풍미가 좋아서 급식 당번들에게 나누어 주었다는 것이다. 그럼에도 일부 아이들이 불안해하자 담임이 모교 연구실에 수프 성분 분석을 부탁했는데 아무런 균도 발견되지 않았다는 결과가 나왔다.

반 아이들은 평정을 되찾았다. 개중엔 하룻밤 새 체중이 50그램이나 늘었다고 유난스레 법석을 떠는 아이도 있었고 정신적 손해 배상을 물리겠다고 학교에 찾아와 난동을 부리는 학부모도 있었지만 대부분은 예전의 일상으로 돌아갔다. 며칠 뒤부터 유나는 학교에 나오지 않았다.

나는 다이어트에 대한 열정이 식어 가기 시작했다. 소화 기관에 최면을 거는 일도 시들해졌다. 혀나 식도, 내장 기관들이 점차 안심하고 음식을 받아들이기 시작했다. 사실은 속여 넘기는 데 실패했던 거고 마지못해 속는 척을 해 주고 있었던 걸지도 모른다.

유나가 결석을 한 지 사흘 째 되던 날, 담임선생님이 유나가 앓고 있는 병에 대해 들려주었다. 호르몬 이상 때문에 몸이 비만 체질로 변하는 병이라고 했다. 유나는 중학교에 올라가면서 그 병을 앓기 시작했다. 그동안은 약으로 치료해 왔는데 더는 약물로 치료가 안 돼 수술을 받아야 한다는 거였다. 반 아이들은 이제 유나가 밉다는 소리를 더 이상 하지 않았다. 어서 나아서 돌아왔으면 좋겠다고 말하는 아이들도 늘어갔다.

K가 신곡을 발표했다는 소식에 유나에게 전화를 할 용기가 생겼다. 유나도 K가 새 앨범을 낸 걸 알고 있었다. 서점에서 만나 같이 들어 보고 좋으면 사자고 했지만 대답이 없었다.
"앨범 마지막 곡 제목이 〈물 위에 비친 구름〉이더라. 그날 K한테 주려던 편지에 구름 이야기를 썼니? 네가 흘리고 간 편지를 K가 집는 걸 봤어."
"……나, 수술 날짜 잡혔으니까 그 전에 만나자."

나는 유나를 만나기로 한 서점 근처에서 도넛 가게에 들렀다. 진열장에 올라와 있는 신제품 대신 칼로리가 낮은 통밀 베이글을 두 개 샀다. 굳어서 쫀득한 식감이 사라지기 전에 유나에게 가려고 빨리 걸었다.

폭풍 속 하이재커

철조망 안은 온통 하늘이었다. 청색 물감을 연하게 바른 듯 깨끗한 하늘을 올려다보며 나는 비행하기 좋은 날씨네, 하고 생각했다. 길게 이어지던 연녹색 철조망 울타리가 끝나는 곳에 작은 후문이 있었다. 직원용 출입구였다. 입구에서 보초를 서던 헌병 아저씨가 우리를 제지했다. 현장 체험을 나왔다고 하자 신분증을 요구했다. 정태가 먼저, 이어서 영준이와 나도 책가방에서 주섬주섬 학생증을 꺼냈다.

'김지현 학생은 안 되겠어. 비행에 결격 사유가 있거든.'

만약 이런 말을 듣게 되면 어떻게 해야 하지? 딸꾹질이 나오려고 했다. 침을 삼키고 헛기침을 해 가까스로 가라앉혔다. 쓸데없는 걱정이었다. 무사통과였다.

"여기가 놀이 공원인 줄 알아? 애들이 어딜 막 들어가?"

의외의 복병이 경비실에 도사리고 있었다.

"중학생? 것도 2학년들이란 말이지!"

경비 아저씨는 우리 셋을 이리 훑고 저리 훑었다. 다시없는 위험 분자들이니 증거를 꼭 잡아내고야 말겠다는 듯이.

"수행 평가 과제 때문에 왔어요. 허가증도 여기 있어요."

정태가 볼멘소리로 말했다. 아저씨는 정태가 내민 종이를 들여다보면서도 납득이 안 가는 얼굴이었다. 수학여행을 가려면 정식으로 가야지, 왜 니들만 뒷문으로 오느냐며 끌끌 혀 차는 소리를 냈다. 수행 평가라는 말 자체를 알아듣기엔 까마득한 옛날 사람임이 분명했다. 아저씨는 어딘가로 전화를 걸어 이야기를 나누더니 담당자가 곧 온다니까 꼼짝 말고 있으라고 했다. 그리고 덧붙였다.

"여긴 국가 보안 구역이야. 개미 새끼 한 마리도 함부로 못 들락거린다고."

"어차피 한겨울이라 개미도 없어요."

정태가 구시렁댔다. 영준이가 소리 죽여 웃었다. 정태는 '어차피'가 입에 붙은 애다. 별명도 어차피이다.

보름 전 사회 탐구 선생님이 모둠 과제를 내주었다. 관심 있는 직업에 종사하는 사람을 인터뷰하고 글을 써 제출하라는. 우리가 사는 도시는 공항에서 아주 가깝다. 하지만 조종사에 관심이 있는 애들은 영준이와 나 둘뿐이었다. 영준이는 조종사가 꿈이다. 게임도 비행 시뮬레이션 게임만 한다. 나는 조종보다는 여행 쪽에 흥미가 있다. 우리 둘만으로는 부족했는데 정태가 우리 팀에 들어오고 싶어 했다. 지원자가 넘쳐 먹방 유튜버 모둠에서 탈락했기 때문이다. 덕분에 공항 견학이 쉬워졌다. 정태 이모는 항공사에 근무하신다.
 "외국 나갈 것도 아닌데 무슨 서류가 이렇게 많이 필요해?"
 엄마가 떼 온 서류를 주며 말했을 때 나는 적당히 얼버무렸다.
 "몰라, 나도."
 엄마는 내가 그저 단순히 비행장 견학만 하는 줄 안다. 엄마는 공항에서 일한다. 굉장히 중요한 일이네, 자신들이 아니면 비행기가 뜨지를 못하네, 하면서도 구체적으로 무슨 일을 하는지 말해 주진 않았다. 우리 반에는 공항에서 근무하는 부모님을 둔 친구들이 많다. 우리는 그분들이 하는 일에 관해 서로 묻지 않는다. 공항 일이라고 다 대단할 리는 없다. 대부분 탑승 수속, 안내, 승객과 화물의 보안 검색, 수하물을 옮기는 물류 따위의 평범한 일을 하고 있을 것이다.

경비실을 나서기 전, 우리는 인솔자 오빠가 나눠 준 임시 출입증을 목에 걸었다. 초겨울 바람이 쌩쌩 불어왔다. 나는 교복 위에 걸쳐 입은 패딩 잠바를 꼭 여몄다. 인솔자 오빠도 바짝 자른 머리 아래 귓불이 빨갰다. 공항 뒤쪽은 초라했다. '공항' 하면 떠오르는 세련된 분위기는 눈 씻고 찾아봐도 없었다. 집 근처 가구 공장을 지나다 소파를 수리하는 광경을 본 적이 있다. 녹이 슨 용수철과 지저분한 솜이 드러난 소파는 처참해서 슬퍼질 정도였다. 더 놀라운 건 그런 누더기 위에 화려한 헝겊을 씌워 그럴 듯한 새 소파를 만들어 낸다는 사실이다. 그런 걸 목격한 뒤부터 나는 환하게 빛나는 것들이 알고 보면 그렇게 다 남루한 걸 속에 감추고 있는 건 아닐까 의심하게 된다.

"셔틀버스가 늦네. 안 되겠다. 저거라도 타자."

인솔자 오빠는 방금 도착한 승합차 뒷문으로 우리를 밀어 넣었다. 손잡이도 의자도 없는 차였다. 안에는 뭐가 들었는지 알 수 없는 상자들이 잔뜩 실려 있었다. 승객은 우리뿐이었다. 인솔자 오빠는 상자 위에 걸터앉았고 우리는 문가에 자리 잡고 섰다. 셋이 동시에 문손잡이를 잡고 흔들리며 가려니 죽을 맛이었다. 영준이는 내가 편하도록 손을 최대한 구석으로 붙이려고 애썼다. 정태에겐 그런 배려심이 없었다.

두툼한 손으로 내 손가락을 아프도록 찍어 눌렀다.

차를 타고 이동하는 사이 조금씩 공항 느낌이 나기 시작했다. 끝이 없어 보이는 지평선을 배경으로 항공기 여러 대가 늘어서 있었다. 날개를 활짝 편 비행기 모습은 정말 새와 비슷했다. 가까이서 보니 가슴이 설레었다. 날마다 비행기를 보는 엄마도 그럴까?

"볼리비아엔 '유우니호'라는 소금 호수가 있는데 그 위에 비치는 하늘이 그렇게 아름답대. 언 호수 위를 걸으면 하늘을 걷는 기분이 든대…… 카리브해엔 '블루홀'이라 불리는 신비로운 구멍이 있어. 옛날에 땅 위에 있던 종유 동굴이 차차 바닷물에 잠기며 천장이 붕괴돼 생긴 거래. 신비롭지? 남태평양 한복판에는 '이스터섬'이라고 있는데 거기엔 언제 누가 세웠는지 모를 거대한 석상들이 있대. 이상하지?"

나는 세계 여러 나라의 아름다운 경치와 신기한 현상에 대해 들으며 자라났다. 엄마가 숨을 가쁘게 쉬거나 눈을 깜빡이며 알려 준 그 모든 장소들은 모두 비행기를 타야만 갈 수 있는 곳들이다. 엄마는 그런 곳에 가지 못 한다. 고소 공포증이 있기 때문이다. 배라도 탈 수 있으면 좋으련만 물 공포증까지 있다. 어릴 때 고궁에서 외할아버지랑 오리 배를 타다가 뒤집혀 물에 빠진 적이 있는 탓이다.

그런데도 엄마는 여행 프로를 꼭 챙겨 본다. 캐나다 로키 산맥의 산과 호수, 산호초 사이로 알록달록한 열대어들이 헤엄쳐 다니는 남태평양 바다, 스웨덴의 피오르 해안과 협곡들……. 텔레비전 화면에 펼쳐지는 풍경들을 볼 때면 엄마는 탄성을 멈추지 못했다. 하루는 내가 물었다.

"엄마, 안 속상해? 저런 데 못 가 보는 거."

엄마는 고개를 가로저었다.

"아무런 바람이 없는 사랑이 진짜야. 기대 없이 보면 더 아름다워."

무슨 말인지 알아들을 수 없었다.

차 밖에 아줌마들이 떼로 몰려 서 있다. 문이 벌컥 열리고 아줌마들이 우르르 올라온다. 다들 베이지색 작업복 차림이었고 우리처럼 목에 출입증을 걸고 있었다. 각자가 손에 든 양동이 속에는 걸레, 고무장갑, 솔, 분무기 등이 담겨 있다. 청소 일을 하는 사람들 같은데 어디를 청소하러 가는 걸까. 나는 차 앞쪽으로 밀려 상자 모서리에 매달린 채 그들을 곁눈질했다. 빨갛게 염색한 파마머리에 껌을 질겅질겅 씹던 아줌마가 우리들을 향해 무슨 일로 왔느냐고 물었다.

"학교 숙제 때문에 비행기 견학 왔어요."

내가 대답했다.

"우리 아들이 말이지. 며칠 전에 빼빼로데이라고 그 손가락 과자를 한 박스 사 왔어. 어장 관리 차원에서 반 여자애들한테 다 돌려야 한다나."

우리에게 물었던 아줌마가 큰소리로 옆의 아줌마들에게 말했다.

"심하네. 그 아들, 앞날이 걱정된다."

"그러니까 아들은 키워 봐야 말짱 헛일이라니까."

아줌마들은 제각기 한마디씩 하며 끌끌 혀를 차거나 입을 벌려 깔깔 웃었다.

눈이 마주치자 영준이가 멋쩍게 웃었다. 나도 윗입술로 아랫입술을 꽉 눌러 웃음을 참았다. 빼빼로데이 아침, 교과서를 책상 아래 선반에 넣는데 뭔가 걸렸다. 꺼내 보니 은색 포장지 속에 과자와 편지가 들어 있었다.

〈네 다리가 굵은 건 사실이야. 대신 튼튼한 다리로 힘차게 걸을 수 있으니 됐잖아?〉

"난 다리가 너무 굵어. 그리고 짧아."

언젠가 내가 했던 말을 기억했던가 보다. 너무 솔직해서 당황스러웠지만 그래도 감동이었다.

덜커덩, 차가 섰다.

"어이, 중딩들 내려!"

인솔자 오빠가 벌떡 일어서며 우리들에게 외쳤다. 차에서 내려서니 매끈하고 기다란 비행기 몸체가 바로 코앞에 있었다. 우리 셋은 눈부신 듯 비행기를 올려다봤다.

비행기 아래로 수하물을 실은 차가 와서 섰다. 차에서 내린 아저씨 몇 명이 짐을 수하물 칸에 옮겨 싣기 시작했다.

"올라가 봐."

인솔자 오빠가 고갯짓으로 트랩을 가리켰다.

"위에 부기장님이 계실 거야. 난 여기서 기다릴게. 해브 어 굿 타임."

바람이 거세서 몸의 중심을 잡기 힘들 지경이었다. 우리는 난간에 매달려 한 발 한 발 트랩을 올라갔다. 중간쯤 오르다가 돌아보니 우리를 향해 손을 흔드는 인솔자 오빠가 아주 조그맣게 보였다. 엄마 같으면 층계를 다섯 칸도 채 못 올라와서 주저앉겠지. 다행이다. 엄마가 이 층계를 오를 일이 없어서.

"어서들 와라."

제복 차림의 아저씨가 비행기 입구에서 우리를 반겼다.

"이 비행기 운항을 도울 부기장이야."

비행기 조종사는 멋있을 거라는 예상은 빗나갔다. 부기장 아저씨는 우리 동네 빵집 사장님처럼 털털한 인상이었다. 난생 처음 비행기 안에 들어오니 기분이 이상했다. 금방이라도 비행기가 슈웅- 하늘로 날아오를 것 같아서 심장이 벌렁거렸다. 기장도 승무원도 없이, 게다가 승객들도 탑승하지 않았는데 비행기가 이륙할 리 없었다. 부기장 아저씨는 정태 이모의 부탁을 들어주느라 오늘 특별히 일찍 탑승한 것이다.

"비행기가 공항에 도착한 후 다시 이륙할 때까지 준비할 일이 아주 많아. 짧은 시간 동안 기체에 이상이 없는지 점검하고 기름도 넣고 승객들 먹을 음식을 싣고 객실 청소도 마쳐야 하지. 중요하지 않은 일은 하나도 없단다."

우리는 설명을 들으며 부기장 아저씨를 따라 움직였다.

통로 양 옆으로 다닥다닥 붙은 좌석 사이사이에서 오렌지색 작업복을 입은 아줌마들이 청소를 하고 있었다. 좀 전에 셔틀버스에서 만났던 아줌마들, 기내 청소를 하는 분들이었구나! 지나가며 보니 아줌마들은 좌석 등받이 시트를 갈고 앞의 테이블을 펴서 닦고, 담요를 올려놓고, 앞좌석 등받이 주머니에 꽂힌 잡지들을 정리하느라 쉴 새 없이 손을 움직였다. 좀 의외였다. 비행기 청소는 첨단으로 하는 줄 알았는데 일일이 사람들 손으로 하고 있다!

"이 비행기는 다음엔 어디로 가요?"

부기장 아저씨에게 물어 보았다.

"중국 베이징을 경유해 티베트로 간단다."

'티베트!'

가슴이 콩닥이기 시작했다.

"저기, 아빠가 가고 싶다고 하던 곳인데."

여행 프로를 보며 출근 준비를 하던 엄마가 중얼거렸다. 텔레비전 화면에는 청회색 산맥이 바다처럼 펼쳐지고 있었다. 해발 6,000미터가 넘는다고 했다. 시퍼런 하늘에는 하얀 구름들이 겹겹이 떠 있었다.

"네 아빤 저 고원에 있는 바위 동굴에서 수행하며 사는 게 꿈이라고 했어."

"허, 진짜야? 친구 좋아하고 술 좋아하고 부자 되는 방법만 연구하던 사람이 저렇게 높고 삭막한 곳에서 수행을 해? 아마 하루도 못 견딜걸."

아빠가 높은 곳을 좋아한 건 사실이다. 사람들에게 쫓기는 처지가 됐던 것도 알고 보면 높은 곳을 너무 좋아했기 때문이니까. 나는 아빠가 화제에 오르면 부러 무뚝뚝하게 구는 편이다. 방심하면 눈물이 나오는 수가 있다. 관심 없는 척 다시 만화책으로 눈길을 내렸다. 탁, 탁, 탁, 탁 귀가 따갑게 울려 대는 목탁 소리에 고개를 다시 들었다. 붉은색 승복을 몸에 두른 승려들이 무릎을 꿇고 예불 중이었다. 아빠도 혹시 저 프로를 보고 있을까. 가슴이 먹먹해졌다. 곁눈으로 보니 엄마도 슬퍼 보였다.

아빠가 멀리 떠난 건 1년 전쯤의 일이다. 학교에서 돌아오니 집에 아빠가 있었다. 거의 두 달 만이었다. 형광등 불빛 때문인지 얼굴이 해쓱해 보였다. 하루가 멀다 하고 투자자들이 집에 찾아와 난리를 치는데 이렇게 집에 돌아와 있어도 되는 걸까. 반가우면서도 자꾸 현관문 쪽으로 눈이 갔다.

"지현아, 아빠 내일 외국으로 떠나실 거야. 그래서 우리들한테 작별 인사 하러 왔대."

냄비 속 두부전골이 끓고 있는 저녁 식탁에서 엄마가 잠긴 음성으로 말했다.

"거기서 열심히 일해 빚도 갚고 다시 옛날처럼 넓은 아파트로 이사 가게 해 줄게."

아빠는 뺨 근육을 실룩이며 웃었다. 나는 그냥 고개만 끄덕였다.

어릴 때는 이유를 몰랐다. 언니, 동생, 장 여사 하면서 친이모나 삼촌보다 더 자주 오고가던 사람들이 왜 서서히 멀어져 가는 건지. 사람들이 떠나간 뒤엔 이사를 갔다. 그럴 때마다 아빠가 사업을 접은 가짓수만큼 창고를 채울 물건들이 늘어갔다. 기능성 화장품, 건강 신발, 휴대용 정수기, 이름도 이상한 노루궁뎅이 버섯 액기스……

내가 초등학생이던 시절 우리 가족은 이 도시 중심지에서 살았다. 엄마가 잔뜩 멋을 내면 아빠 사무실에 가는 날이었다. 사무실은 공항 인근에 있는 오피스텔 건물 18층에 있었다. 엄마에겐 너무 높았다. 복도 난간에 매달려 중앙 정원을 내려다보면 1층 로비에서 엄마가 애가 달아 외쳤다.

"지현아, 위험해!"

아빠 사무실 벽 사방에는 커다란 지도와 그림들이 몇 개씩이나 붙어 있었다. 세계 지도, 전국 도로망 지도, 특정 구역만 확대해 놓은 개발 지도……. 안내 책자로 어수선한 소파 테이블 앞에서 아빠가 손님과 머리를 맞대고 중요한 이야기를 나누는 모습은 내가 그곳에 갈 때마다 볼 수 있던 광경이었다. 손님들은 대부분 엄마와 잘 아는 사람들이었다. 요가를 배우다가 친해진 사람, 꽃꽂이를 하며 사귄 사람, 사우나에서 서로 때를 밀어 주다가 알게 된 사람……. 엄마는 누구하고나 쉽게 친해졌다. 엄마 역할은 아빠 사무실로 사람들을 데려오는 데까지였다.

"자그마치 133층입니다. 2년 뒤 이 건물만 완공되면 시내 상권은 다 죽음이죠. 공항에 내린 외국 관광객들이 다 이리로 몰려올 겁니다. 그리고 놀라지 마세요. 건물 맨 꼭대기엔 스키장이 들어설 겁니다."

133층 건물 꼭대기에 스키장이 생긴다는 말은 기이하게 들렸다. 하지만 머리가 희끗희끗하고 눈썹이 장군처럼 치켜진 그 아저씨는 상상력이 풍부한 게 분명했다. 로또에라도 당첨된 듯이 흥분해서는 자금 계획은 어떻게 세워야 하느냐고 물었으니 말이다. 그러자 아빠 동업자 아저씨가 얼른 파일에서 종이를 꺼내 아저씨 앞으로 내놓던 게 기억난다.

그날 나는 아빠 사무실을 나와서 엄마와 함께 가까운 패밀리 레스토랑으로 갔다.

"엄마는 거기 못 가겠다. 너무 높잖아."

"갈 수 없어도 멋지지 않니? 133층 위에 스키장이라니."

엄마는 눈을 깜빡였다. 아무런 기대 없이도 이미 그 스키장을 사랑하고 있었던 게 분명하다. 종업원이 내 몫의 아이스크림과 엄마가 주문한 아이스커피를 가져왔다. 넓은 유리 그릇에 담긴 초코 아이스크림이 에베레스트산처럼 높았다.

위에는 흰색 줄이 슬로프처럼 구불구불 나 있었다. 나는 설탕 그릇을 열고 한 스푼 듬뿍 퍼서 그 위에 흩뿌렸다. 내 손이 인공 눈을 만드는 제설기라도 되는 듯이. 그러고는 슬로프를 따라 꼭대기에서 아래까지 스푼으로 몇 번 길을 냈다. 아이스크림은 곧 부서지고 뭉그러져 유리그릇 가장자리로 녹아 내렸다. 나는 걱정이 되었다.

"사람들이 스키를 타다가 밑으로 떨어지면 어떡하지?"

엄마는 아이스크림을 크게 떠 입에 넣다가 깔깔 웃었다.

"그런 건 설계하는 사람들이 다 알아서 하니까 걱정 마세요, 아가씨."

부기장 아저씨를 따라 다음 칸으로 들어섰다. 의자가 큼직했다. 의자 사이 간격도 널찍했다. 놀라서 두리번거리는 내게 영준이가 살짝 귀띔했다.

"일등석이야. 가격이 배나 비싸서 기내식도 서비스도 완전 다르대."

"잠시 지나가겠습니다."

부기장 아저씨 음성에 통로를 막고 있던 오렌지색 엉덩이가 옆으로 쏙 비켜섰다. 그 모양과 움직임이 어딘지 낯익다고 생각하며 물끄러미 보던 나는 흡- 숨을 멈췄다. 걸레와

분무기를 들고 선 엄마도 눈을 크게 떴다. 금세라도 '지현아!' 하고 큰소리로 알은체를 할 것 같은 표정이었다. 나는 얼른 고개를 저었다. 엄마도 내 마음을 알아챘는지 끔뻑 눈 사인을 보냈다. 어색한 걸음걸이로 몇 발자국 떼었을 때, "학생들! 이거……." 하고 부르는 소리가 났다. 멈칫 돌아보는 내 손에 엄마가 뭔가를 꼭 쥐여 주었다.

"친구들이랑 나눠 먹어요. 예뻐서 주는 거야."

손 안에서 부스럭거리는 초콜릿과 땅콩 스낵 봉지는 일터에서 돌아온 엄마가 가끔 내 책상 위에 올려놓곤 하던 익숙한 것이었다. 몇 발자국 가다가 돌아보니 엄마는 뒷모습을 보이는 채로 테이블을 닦고 있었다. 내게 이걸 하나라도 더 가져다주려고 엄마는 얼마나 많은 좌석 주머니를 뒤적거려야 했을까.

조종실은 기장이나 부기장 외에는 함부로 출입할 수 없는 곳이라서 우리는 열린 방탄 문 앞에서만 잠깐 안을 들여다볼 수 있었다. 조종실은 앞면 유리창을 빼고는 천정과 벽면이 온통 계기판이었다. 계기판으로 지어진 요새 같았다. 그것들은 항공기 조종에 필요한 정보를 준다고 했다. 비행 속도·높이·고도·방향·연료량 등등. 우리는 부기장 아저씨의 설명을 부지런히 받아 적었다. 부기장 아저씨는 비행사가 갖춰야 할 자질, 비행사가 되기 위해 받아야 하는 고된 훈련 과정 등에 대해 간단히 들려준 뒤 손목시계로 시간을 확인했다. 그러고는 우리들에게 무엇이든 물어보라고 했다. 정태는 기내식으로 한식과 양식 중에 어떤 걸 좋아하시느냐고 물었다. 부기장님은 그때그때 다르지만 기장님이 선택하고 남은 걸 먹는 편이라고 했다.

"아저씬 언제 가장 뿌듯하세요?"

영준이가 물었다.

"승객들을 안전하게 목적지에 내려 주었을 땐가요?"

"솔직하게 말하면 바로 눈앞에서 해가 뜨고 지는 걸 볼 때 제일 가슴이 벅차단다. 조종사가 아니면 절대 볼 수 없는 아름다운 광경이지."

아저씨가 빙그레 웃었다. 웃음 근육이 얼굴 전체에 골고루 잡힌다는 건 가식적인 웃음이 아니라는 증거였다. 아주 드문 일이지만 아빠가 그런 웃음을 웃는 걸 본 적이 있다.

133층 건물 이야기가 흐지부지되면서 엄마 주변에 몰려들던 사람들이 하나 둘 사라져 가던 무렵의 어느 날, 우리 가족은 아파트 뒷산으로 저녁 산책을 나갔다. 야트막한 산이었는데 밤나무가 많았다. 추석 즈음이어서 나무들마다 탐스러운 밤송이가 입을 벌리고 있었다.

"멀찍이 물러나들 있어. 밤송이에 눈이라도 찔리면 큰일 나."

아빠가 긴 나뭇가지로 밤나무를 툭툭 털자 밤송이 안에 들었던 밤알들이 후드득후드득 떨어졌다. 미처 열리지 않은 밤송이들도 아빠가 슬리퍼 밑창으로 문지르면 못 이기는 듯 활짝 벌어졌고 반들반들한 밤톨들이 또르르 굴러 나왔다. 엄마와 나는 밤이 마치 금은보화라도 되는 것처럼 깔깔 호호 웃으며 주워 모았다. 그런 우리를 보며 아빠도 환하게 웃었다. 엄마 모자 속에도 밤이 한가득 모였고 내 점퍼 양쪽 주머니도 불룩해졌다. 즐거웠다. 마치 환상 속에 있는 것처럼.

"이봐요! 거 왜 남의 산에서 함부로 밤을 따는 거요!"

그 할아버지는 멀리서부터 호통을 치며 다가왔다.

"아닙니다, 어르신. 따진 않았고요. 재미로 떨어진 거 몇 알 주웠습니다."

아빠 얼굴에는 금세 꾸민 미소가 생겨났다.

"저기서부터 보면서 왔는데 무슨 소리야! 당신 같은 사람들 때문에 어디 밤농사나 제대로 짓겠소? 다 내놔요."

엄마 모자 속에 있던 밤톨들이 땅으로 후르르 떨어졌다. 나도 주머니 속 예쁜 밤들을 꺼내 땅으로 떨어뜨렸다. 괜찮았다. 그다지 억울하지도 아깝지도 않았다. 그날 나는 일기장에 이렇게 썼다.

〈아빠는 가시에 발을 찔려가면서도 엄마와 나를 위해 밤송이를 발로 문질러 까 주었다. 그리고 진짜 웃음도 보여 주었다. 기뻤다.〉

얼마 후 우리는 지금 살고 있는 연립 주택으로 이사 왔다.

"야, 김지현. 기장님이 꿈이 뭐냐고 물으시잖아."
정태가 내 어깨를 꾹 찔렀다. 생각에서 깨어나 고개를 돌렸더니 부기장 아저씨가 지그시 웃으며 나를 보고 있었다.
"학생도 조종사가 되고 싶어?"
"꿈 깨. 여자 비행사는 아주 드물대."
정태가 톡 끼어들었다.
"그리고 영준이 너도 어차피 조종사 못 해. 아저씨, 색맹이면 조종사 못 하죠? 녹색하고 붉은색을 구분 못 하면 계기판도 잘 읽을 수 없으니까 위험하죠?"
영준이 표정이 금방 시무룩해졌다. 순간 나는 정태 머리통을 한 대 쥐어박아 주고 싶었다. 이룰 수 없는 꿈이라도 꿀 자유는 있다. 기대 없이도 더 소중하고 아름다운 거라고 엄마도 말했다.
"제 꿈은요. 비행기 납치범이에요!"

부기장 아저씨 얼굴에서 웃음기가 사라졌다. 영준이와 정태도 할 말을 잃은 표정들이었다.

"아…… 농담이에요. 히힛, 죄송합니다."

나는 고개를 푹 숙여 보였다.

"하여튼 색맹은 조종사 못되고 여자도 조종사 되기 힘들어. 그러니까 어차피……."

트랩을 내려올 때 정태가 난간에 매달려 꿍얼거렸다.

"어차피 뭐!"

나는 소리를 빽 질렀다.

"한 번만 더 어차피 소리 하면 여기서 굴려 버린다."

셔틀버스를 타고 경비 초소 있는 곳으로 돌아올 때까지 영준이는 계속 침울해했다.

'너무 속상해 하지 마. 그래도 넌 좋아하는 비행기를 마음껏 탈 수 있잖아. 우리 엄마 아빠는 아예 둘 다 비행기를 못 타.'

속으로 중얼거렸다.

아빠는 비행에 결격 사유가 있는 자이다. 해외 도피 우려가 있는 피의자 또는 피고인에 대하여 피해자가 출국 금지 의뢰 신청을 하면 그 사람은 비행기를 탈 수 없다. 출국 검색대에서 바로 잡힌다. 아빠도 출국 검색대에서 잡히고 말았다. 아빠는 지금 감옥에 있다. 영치금이니 사식이니 하는 말을 엄마가 고모랑 통화하면서 쓰지 않았더라도 그 정도 알아챌 만한 눈치는 있다.

인솔자 오빠에게 출입증을 반환하고 공항을 나왔다. 정태는 먼저 떠나고 정류장엔 나와 영준이만 남았다. 휘몰아치는 바람을 피하려고 우리는 패딩 점퍼에 달린 모자를 머리끝까지 뒤집어썼다.

"넌 왜 조종사가 되고 싶은 거야?"

내가 영준이의 대답을 기다리는 사이 커다란 화물차 한 대가 경적 소리를 크게 울리며 지나갔다.

"그냥, 어릴 때부터 비행기가 날아가는 걸 보면 신기했어. 울다가도 비행기가 날아가는 걸 보면 그쳤대. 내가 직접 조종할 수 있으면 정말 행복할 거야."

나는 고개를 끄덕였다. 꿈은 가려움증과 비슷하다고, 몸 어디가 가려우면 긁어야 하듯 그 꿈이 계속 근질거리게 한다고 책에서 읽은 적이 있다. 영준이도 그런가 보다.

전에는 포기해야 할 꿈이 어떤 거고 지켜야 할 꿈이 어떤 건지, 삶은 계란 속 노른자와 흰자처럼 뚜렷이 구분되는 거라고 생각했는데 이제는 달걀말이를 하려고 휘저어 놓은 날계란처럼 되어 버렸다. 엄마와 아빠도 나처럼 헷갈려서 엉뚱한

데만 계속 긁고 있는 걸까.

 우리들이 타야 할 버스가 나란히 도착했다. 우리는 각자 버스에 올랐다. 버스 유리창 너머로 영준이가 내게 손을 흔들었다. 나도 마주 손을 흔들었다. 어두워진 허공으로 비행기 한 대가 또 날아올랐다. 비행기가 붉은 꼬리를 남기며 차츰차츰 멀어지는 것을 보고 있자니 한쪽 팔꿈치가 가려웠다. 긁적긁적 긁었다.

 차 안에서 들리던 트로트 노래 소리가 멀어진다. 어느 사이엔가 나는 날아가는 비행기 안에 있다. 부기장 아저씨를 만난 뒤 정태는 돌아갔지만 나와 영준이는 기내에 남았다. 우리는 비행기가 일정한 고도에 오를 때까지 뒤쪽 벙커에 숨어 있었다. 동료들이 비행기를 떠날 때 혼자 남았던 엄마와 함께. 적당한 순간 영준이와 나는 조종실에 난입한다. 우리는 무슨 수를 써서든 기장 아저씨와 부기장 아저씨를 설득해 기수를 돌리게 한다. 감옥 옥상에서 기다리던 아빠는 내려 준 줄사다리를 타고 비행기로 올라온다. 우리는 이제 기장 아저씨와 부기장 아저씨를 비롯해 기내의 모든 사람들을 탈출시킨다. 싫다고 거부해도 억지로 낙하산에 매달아 하나둘씩 내려 준다. 모래가 물결치는 사하라 사막에, 오로라가 찬란한 노르웨이 벌판에, 산호초가 자라는 남태평양 섬 위에……. 탑승했던 사람들 숫자만큼의 낙하산들이 바람을 타고 둥실둥실 날아간다.

영준이가 조종을 맡는다. 나는 부조종석에서 영준이의 첫 비행을 함께한다. 땅콩을 먹으며 영화를 관람하던 아빠가 호탕하게 웃음을 터뜨린다. 가식 없는 진짜 웃음이다. 참, 미리 준비해 온 잠 오는 약을 엄마에게 주는 걸 잊어서는 안 된다. 아빠는 일반석에 타더라도 엄마는 일등석에 타야 한다. 그래야 엄마가 두 다리를 쭉 뻗고 편히 누울 수 있다.

갑자기 기체가 심하게 흔들린다.

"난기류야!"

영준이가 조종간을 꽉 부여잡는다. 기체가 아래로 한참을 떨어진다. 사방에서 먹구름이 몰려든다. 우르르 쾅쾅! 천둥이 울린다. 번개가 날개를 쳐 기체가 기우뚱 기울어진다. 거센 빗줄기에 조종석 앞 유리가 뿌옇게 흐려진다. 영준이는 당황하지 않고 와이퍼를 작동시킨다. 쉴 새 없이 경보등이 깜빡이고, 계기판 위의 색도 자꾸 변한다. 나는 온몸이 떨리지만 애써 정신을 차리고 영준이에게 주의를 준다.

"조심해! 빨간색이야. 안심해. 지금은 안전해. 초록색이야."

영준이는 먹구름을 피하려고 이리저리 방향을 튼다. 비행기가 흔들흔들 꿀렁꿀렁 요동친다. 수면제를 먹고 깊이 잠든 엄마는 고도와 바닷물이라는 두 가지 공포를 의식하지 못 한다. 비행에 결격 사유가 있는 아빠도 영화를 보다 조느라 마음이 편안하다.

비행기가 마침내 폭풍우를 벗어나 높이 떠오른다.

"해다!"

영준이가 외친다. 영준이가 가리키는 곳에 태양이 환하게 떠오르고 있다. 아빠는 티베트 고원 위에, 엄마는 이스터섬에 내려 준 뒤에 영준이와 나는 좀 더 비행을 하기로 한다. 우리는 맑게 트인 하늘 위를 날아간다. 비행기 아래, 솜이불 구름이 태양빛에 하얗게 반짝이며 흘러간다.

● **작가의 말**

예측 불허의 에너지가 넘치던 날들

 청소년 시절은 우리가 살아가는 인생 전체에 비하면 길지 않다. 그럼에도 무한대로 확장될 수 있는 경이로운 이야기들로 가득하다.

 그 시기에 나는 종종 엉뚱한 공상을 즐겼고 가끔 진지하고 심각했다. 중학교 2학년 때는 기말고사를 망쳐 부모님께 혼나게 됐다며 낙심하던 친구와 무인도로 탈출할 계획을 구체적으로 세운 적도 있다. 짐을 싸면서도 다정하신 할머니와 강아지가 마음에 걸려 고민했다. 다음 날 학교에 가니 친구는 언제 그랬냐는 듯 명랑한 모습으로 돌아가 있었다. 무인도행은 없던 일이 되었다. 일상적인 변덕에도 진심이었던 그 시절의 우리들이 지금은 이해가 안 가는 면도 있다. 하지만 예측 불허의 에너지가 넘치던 그 때로 다시 돌아간다면 같은 행동을 되풀이하지 않을까.

엄마 대신 주스 가게를 맡아 하며 성장하는 건호, 귀가 어둡지만 세상을 넘어 자신과 소통할 수 있게 된 유성이, 야간 자율 학습 시간에 자유를 찾아 산으로 떠난 아이들, 다이어트를 결심한 '나'와 다이어트를 선택할 수 없는 유나, 사랑하는 사람들을 위해 하이재커가 되고 싶어 하는 지현이, 나는 이들이 상상으로 그려 낸 내 이야기 속에만 존재한다고 생각하지 않는다. 그들은 현실에 살고 있고 그들의 꿈과 좌절, 슬픔과 도전은 이곳 세상에서 계속된다.

이야기 속 등장인물들도, 현실을 살아가는 청소년들도 어려움을 딛고 자신들이 원하는 세계를 만들기 위해 노력하는 사람들이 되었으면 좋겠다.

제9회 푸른문학상 수상작인 「불량한 주스 가게」를 앤솔러지에 발표한지 10년이 넘게 흘렀다. 오랫동안 서랍 속에 잠자고 있던 다른 이야기들과 함께 묶어 첫 창작집을 세상에 내놓을 기회를 주신 '푸른책들'에 진심으로 감사드린다.

2022년 4월
유 하 순

유하순
1963년 경기도에서 태어났으며, 서울여자대학교 도서관학과를 졸업했다. 2011년 단편청소년소설 「불량한 주스 가게」로 제9회 푸른문학상 '새로운 작가상'을 수상하며 본격적인 작품 활동을 시작했다. 10여 년간 창작한 청소년소설들을 모아 첫 창작집 『불량한 주스 가게』를 펴냈다.

푸른도서관

푸른도서관은 '10대에서 20대까지' 눈부신 성장을 거듭하는
'푸른 세대'를 위한 본격 문학 시리즈입니다.
당대 청소년들의 현실을 생생하게 반영한 성장소설과
다양한 시대상을 반영한 역사소설,
청소년시집 그리고 흥미진진한 판타지에 이르기까지
국내 작가들이 공들여 창작한 감동적인 작품들을
푸른도서관에서 더 만나 보세요!

■ 푸 른 도 서 관 ■

1. 뢰제의 나라 강숙인 지음
교통사고로 가사 상태에 빠진 열두 살 소년이 저승사자의 손에 이끌려 저승인 '뢰제의 나라'를 여행하면서 벌어지는 모험담을 담은 판타지소설.
★ 윤석중문학상 수상작 ★ 동화읽는가족 추천도서

2. 아버지가 없는 나라로 가고 싶다 이규희 지음
아픈 결핍의 가족사를 벗어던지고 마침내 더 너른 세상을 향해 나아가는 소녀를 통해 성장의 의미를 곰곰이 곱씹게 해 주는 가슴 뭉클한 성장소설.
★ 세종아동문학상 수상작가

3. 까망머리 주디 손연자 지음
좋아하는 남학생에게 외모에 대한 조롱 섞인 말을 듣고, 입양아인 자신이 미국 사회의 이방인이라는 사실을 깨닫는 사춘기 소녀 주디가 정체성을 찾아가는 이야기.
★ 책따세 추천도서 ★ 학교도서관사서협의회 추천도서 ★ 부산광역시교육청 독서인증제 권장도서

8. 화랑 바도루 강숙인 지음
부모님을 일찍 여읜 바도루가 김충현 장군 밑에서 생활하며 그의 자제인 경천과 함께 피나는 노력과 뜨거운 우정을 나누며 꿈에 그리던 화랑이 되는 이야기를 그린 본격 역사소설.
★ 동화읽는가족 추천도서

10. 마사코의 질문 손연자 지음
일본인 소녀의 입으로 일본인의 죄를 묻는 이야기. 일제 강점기에 우리 민족이 겪은 온갖 수난을 생생하고 절실하게 그려 낸 9편의 작품이 실려 있다.
★ 세종아동문학상 수상작 ★ SBS 어린이미디어대상 수상작 ★ 한우리독서토론논술 필독도서

11. 아, 호동 왕자 강숙인 지음
비극적 사랑의 대명사 호동 왕자와 낙랑 공주, 그들이 정말 사랑하는 사이였는가에 대한 의문으로 시작된 역사소설. 우리가 알고 있던 이야기를 뒤집어 전혀 새로운 시각을 제시한다.
★ 한우리독서토론논술 필독도서 ★ 서울독서교육연구회 추천도서 ★ 책읽는교육사회실천협의회 추천도서

12. 길 위의 책 강미 지음
'책'을 통해 자연스럽게 자신의 고민과 방황을 해결하고 상처를 치유해 나가는 여고생들의 이야기를 잔잔하게 그렸다. 청소년들을 위한 성장소설들이 '책 속의 책'으로 가득 담겨 있다.
★ 제3회 푸른문학상 수상작 ★ 책따세 추천도서 ★ 문화체육관광부 우수교양도서

13. 느티는 아프다 이용포 지음
'지금 여기'의 '가장 낮은 곳'을 이야기하는 성장소설. 독자들에게 이웃을 바라보는 시선을 바꾸고 존재의 소중함을 돌아볼 수 있는 시간을 마련해 준다.
★ 한국문화예술위원회 우수문학도서 ★ 평화박물관 선정 청소년 평화책

14. 발끝으로 서다 임정진 지음
베스트셀러 『행복은 성적순이 아니잖아요』의 임정진 작가가 펴낸 청소년소설. 낯선 땅으로 홀로 유학을 떠난 주인공을 통해 조기 유학생활의 어려움과 외로움을 절절하게 그렸다.
★ 책따세 추천도서

15. 마지막 왕자 강숙인 지음
역사의 그늘에 가려져 있던 인물이자 신라의 마지막 왕인 경순왕의 아들 마의태자를 주인공으로 한 역사소설로, 그의 새로운 영웅적 면모를 보여 준다.
★ 〈중앙일보〉 좋은책 100선 선정도서 ★ 어린이도서연구회 청소년 권장도서

16. 초원의 별 강숙인 지음
마의태자를 주인공으로 한 『마지막 왕자』의 후속작. 사라져 버린 나라를 그리워하던 주인공 새부가 광활한 만주 대륙에서 아버지의 꿈을 이루는 과정을 흥미진진하게 그리고 있다.
★ 동화읽는가족 추천도서

18. 쥐를 잡자 임태희 지음
원치 않는 임신을 한 여고생의 이야기로 성에 대해 여전히 취약한 우리 청소년의 현실을 돌아보고 위험성을 인식하게 만든다. 동시에 대책 마련이 시급하다는 사실을 새삼 일깨운다.
★ 제4회 푸른문학상 수상작 ★ 아침독서 청소년 추천도서 ★ 어린이도서연구회 청소년 권장도서

19. 바람의 아이 한석청 지음
우리나라 아동청소년문학 최초로 발해를 소재로 한 장편역사소설. 고구려 멸망 뒤 옛 고구려 지역에 살던 이들의 비참한 삶과 나라를 되찾고자 하는 투쟁을 생생하게 그려 냈다.
★ 한우리독서토론논술 필독도서 ★ 책읽는교육사회실천협의회 추천도서

21. 리남행 비행기 김현화 지음
봉수네 가족이 북한을 탈출해 리남행 비행기에 오르기까지의 여정이 긴장감 있게 그려져 있다. 온갖 역경 속에서도 인간애와 가족애를 잃지 않는 모습이 진한 감동을 선사한다.
★ 제5회 푸른문학상 수상작 ★ 책따세 추천도서 ★ 한국문화예술위원회 우수문학도서

22. 겨울, 블로그 강미 지음
자신만의 길을 찾아가는 청소년들이 종횡무진 활동하는 네 편의 작품을 담았다. 청소년들의 일상을 정확하고 섬세하게 묘사하여 그들이 나아갈 수 있는 길을 오롯이 보여 준다.
★ 문화체육관광부 우수교양도서 ★ 아침독서 청소년 추천도서 ★ 한국출판인회의 선정 이달의 책

23. 네가 하늘이다 이윤희 지음
1894년 동학 농민 운동을 배경으로 새로운 세상을 꿈꾸었지만 결국 이름조차 남기지 못하고 스러져 간 농민군의 이야기를 감동적으로 그려 낸 대하역사소설.
★ 아침독서 청소년 추천도서 ★ 한국어린이문화대상 수상작

24. 벼랑 이금이 지음
원조 교제, 첫 키스, 협박, 폭력…… 거친 현실의 이면에 감춰진 청소년들의 내면을 섬세하게 다루고 있는 이금이 작가의 연작청소년소설.
★ 한국문화예술위원회 우수문학도서 ★ 아침독서 청소년 추천도서 ★ 네이버 북리펀드 선정도서

25. 뚜깐뎐 이용포 지음
서기 2044년, 한국에서 영어 공용화 법안이 통과된 뒤 영어가 일상어로 자리를 잡은 때와 한글이 박해를 받던 연산군 시절을 오가며 현대인들에게 진지한 성찰의 기회를 제공한다.
★ 아침독서 청소년 추천도서 ★ 대한출판문화협회 올해의 청소년도서 ★ 〈중앙일보〉 선정 이달의 책

26. 천년별곡 박윤규 지음
천 년의 시간을 애증과 그리움으로 버틴 주목나무의 이야기를 절제된 감성으로 그린 작품. 시 형식을 차용한 소설인 '시소설'이란 신선한 장르에 애절한 정서를 잘 녹여 냈다.
★ 한우리가 선정한 좋은 책

27. 지귀, 선덕 여왕을 꿈꾸다 강숙인 지음
지귀 설화 속에 숨어 있는 선덕 여왕 이야기를 담은 역사소설. 지귀와 선덕 여왕, 김춘추와 김유신 등 시대의 격랑에 휘말린 이들의 삶과 사랑이 독자들의 가슴속에 파고든다.
★ 책따세 추천도서 ★ 네이버 북리펀드 선정도서 ★ 아침독서 청소년 추천도서

■ 푸 른 도 서 관 ■

28. 청아 청아 예쁜 청아 강숙인 지음
〈심청전〉을 현대적으로 재해석한 소설. 새로운 시각의 심청과 서해 용왕 그리고 그의 아들을 등장시켜 '보이지 않는 사랑 이야기'를 통해 참다운 사랑의 의미를 되새기게 한다.
★ 한국출판인회의 선정 이달의 책 ★ 중앙독서교육 선정도서

30. 사라지지 않는 노래 배봉기 지음
세계적 미스터리의 하나인 이스터 섬 모아이 석상의 비밀을 소재로 인간의 파괴적 욕망과 그것을 극복했을 때 찾을 수 있는 평화를 보여 준다.
★ 문화체육관광부 우수교양도서 ★ 네이버 북리펀드 선정도서 ★ 국립어린이청소년도서관 추천도서

31. 김홍도, 조선을 그리다 박지숙 지음
김홍도의 그림을 통해 그의 삶을 다룬 연작으로, 작가 특유의 상상력과 깊이 있는 통찰력으로 '인간 김홍도'의 삶을 생생하게 되살려낸 본격 역사소설이다.
★ 문화체육관광부 우수교양도서 ★ 〈소년조선일보〉 추천도서 ★ 아침독서 청소년 추천도서

32. 새가 날아든다 강정규 지음
한국 전쟁을 직접 경험한 세대가 전쟁과 분단과 이산이라는 문제를 다른 시각에서 조명한 작품. 역사의 굴곡을 넘어 당대의 사람들이 더불어 살아가는 이야기를 일곱 편의 소설에 담았다.
★ 아침독서 청소년 추천도서

34. 밤나무정의 기판이 강정님 지음
1950년대를 배경으로 소년 기판이의 각별하고도 애틋한 성장과 모험과 죽음을 다룬 이야기. 작가 특유의 입담과 사투리에 실린 당시의 일상과 풍속이 눈앞에 생생하게 되살아난다.
★ 한국문화예술위원회 우수문학도서 ★ 대한출판문화협회 올해의 청소년도서 ★ 아침독서 청소년 추천도서

35. 스쿠터 걸 이은 지음
질풍노도의 시기인 청소년기의 한복판에 서 있는 열다섯 살 중학생들을 본격적으로 등장시킴으로써 중학생들의 삶을 밀도 있게 그려 낸 청소년소설집.
★ 한국간행물윤리위원회 우수청소년저작 당선작 ★ 학교도서관저널 추천도서

36. 우리 반 인터넷 소설가 이금이 지음
거짓이 휘두르는 보이지 않는 폭력에 '진실'이 어떻게 왜곡되고 유배되는지를 청소년들의 생생한 세태 묘사와 치밀한 구성을 바탕으로 보여 준다.
★ 네이버 북리펀드 선정도서 ★ 학교도서관저널 추천도서 ★ 국립어린이청소년도서관 추천도서

37. 열네 살, 비밀과 거짓말 김진영 지음
습관적인 도둑질에 빠져들면서 비밀과 거짓말이 늘어나게 된 평범한 열네 살 소녀 하리가 다시 삶의 진실을 찾아가는 성장소설.
★ 한국간행물윤리위원회 청소년 권장도서 ★ 문화체육관광부 우수교양도서

38. 허황옥, 가야를 품다 김정 지음
먼 바다를 건너 가야로 온 인도 아유타국 공주 허황옥의 삶을 조명하면서, 철을 바탕으로 국제 무역의 중심지로 자리했던 가야의 역사를 생생히 전하는 역사소설이다.
★ 학교도서관저널 추천도서 ★ 대한출판문화협회 올해의 청소년도서

40. 그래도 괜찮아 안오일 지음
현실의 부정과 좌절에 길항하는 청소년들의 고민을 진정성 있게 담아낸 청소년시집. 청소년들이 지닌 '생기'를 유감없이 보여 주며 긍정과 희망의 메시지를 전한다.
★ 한국간행물윤리위원회 우수청소년저작 당선작 ★ 한국문화예술위원회 우수문학도서

42. 조생의 사랑 김현화 지음
조선시대를 배경으로 청년 '조생'이 청나라에 파견되는 연행사로 길을 떠나 사랑과 우정, 정의, 신념 등 삶의 진리를 깨달아가는 과정을 그린 청소년 역사소설.
★ 서울시교육청 남산도서관 사서 추천도서 ★ 〈아침햇살〉 선정 좋은 청소년책

43. 아버지, 나의 아버지 최유정 지음
위탁가정에 맡겨진 열여섯 살 연수가 자신의 친아버지를 찾아 떠나는 여정을 통해 진정한 자아 정체성을 확립해 가는 과정을 밀도 있게 그렸다.
★ 한국문화예술위원회 우수문학도서 ★ 〈아침햇살〉 선정 좋은 청소년책

44. 타임 가디언 백은영 지음
타임 슬립이라는 장치를 통해 개인과 사회에서 일어나는 현실의 문제들을 조명하는 본격 청소년 SF소설. 시공간을 뛰어넘는 구성과 예측할 수 없는 독특한 상상력을 맛볼 수 있다.
★ 〈아침햇살〉 선정 좋은 청소년책

45. 분청, 꿈을 빚다 신현수 지음
고려 최고의 사기장의 아들인 강뫼가 왜구 침입과 왕조의 변혁 등 극한 시대 상황 속에서 분청사기를 만들기까지의 과정을 흡인력 있게 그린 역사소설.
★ 대한출판문화협회 올해의 청소년도서 ★ 아침독서 청소년 추천도서

47. 악어에게 물린 날 이장근 지음
현직 중학교 교사인 시인이 청소년과 함께 호흡하면서 체험한 담백하고 직설적인 언어가 공감을 불러온다. 청소년들 질풍노도가 마음껏 활개 칠 수 있도록 기운을 북돋는 청소년시집.
★ 책따세 추천도서 ★ 대한출판문화협회 올해의 청소년도서 ★ 어린이도서연구회 청소년 권장도서

48. 찢어, Jean 문부일 지음
아르바이트, 집단 따돌림 등 청소년들이 공감할 수 있는 일곱 편의 이야기가 담겼다. 현실에 갇혀 사는 청소년들의 일탈을 유쾌하면서도 진정성 있게 담았다.
★ 아침독서 청소년 추천도서 ★ 한국문화예술위원회 우수문학도서

50. 신기루 이금이 지음
엄마와 엄마 친구들과 함께 몽골 사막 여행을 떠난 열다섯 다인이가 보낸 6일간의 여정을 통해 또 다른 생명의 고리로 순환되는 모녀 관계에 대한 고찰을 여행기 형식으로 그렸다.
★ 네이버 북리펀드 선정도서 ★ 서울시립어린이도서관 추천도서 ★ 아침독서 청소년 추천도서

51. 우리들의 매미 같은 여름 한 결 지음
섭식장애를 앓고 있는 모녀, 성추행, 보이콧 등 청소년들이 겪는 지독하게 뜨겁고 아픈 이야기가 담겨 있다. 청소년들이 자신 그리고 세상과 화해하는 여정을 솔직담백하게 그렸다.
★ 한국문화예술위원회 우수문학도서 ★ 네이버 북리펀드 선정도서

52. 모래시계가 된 위안부 할머니 이규희 지음
일본군 위안부로 끌려가 꽃다운 처녀 시절을 유린당한 황금주 할머니의 실제 이야기를 김은비라는 소녀의 이야기와 엮어 액자 형식으로 쓴 소설로, 일본어로도 번역 출간되었다.
★ 국제펜문학상 수상작 ★ 학교도서관저널 추천도서 ★ 경기도교육청 추천도서

53. 까레이스키, 끝없는 방랑 문영숙 지음
소련의 강제 이주 정책으로 시베리아 횡단 열차를 탔던 17만여 명의 까레이스키들의 고난과 역경, 도전과 설움을 절절하게 그린 역사소설이다.
★ 한국문화예술위원회 우수문학도서 ★ 아침독서 청소년 추천도서 ★ 한우리가 선정한 좋은 책

■ 푸 른 도 서 관 ■

54. 나는 랄라랜드로 간다 김영리 지음
기면증을 앓는 소년과 그의 가족이 게스트하우스를 사수하기 위해 펼치는 소동을 재기 발랄하게 그렸다. 절망 속에서도 웃으며 싸울 줄 아는 청춘의 싱그러운 맨얼굴이 돋보인다.
★ 제10회 푸른문학상 수상작 ★ 아침독서 청소년 추천도서 ★ 한국문화예술위원회 우수문학도서

56. 눈썹 천주하 지음
암에 걸려 1년 4개월 동안 치료를 받던 열일곱 살 소녀가 일상으로 돌아온 뒤의 이야기를 담고 있다. 가족과 친구, 일상이 얼마나 가치 있는 것인지를 새삼 깨우쳐 준다.
★ 국립어린이청소년도서관 사서 추천도서 ★ 한국문화예술위원회 우수문학도서 ★ 아침독서 추천도서

57. 나는 지금 꽃이다 이장근 지음
청소년들의 삶을 제대로 들여다보고 마음을 헤아리는 시 창작 과정을 통해 나온 본격적인 청소년을 위한 시로, 삶이 점점 피폐해지고 있는 청소년들의 마음을 어루만져 준다.
★ 문화체육관광부 우수교양도서 ★ 어린이도서연구회 청소년 권장도서 ★ 학교도서관저널 추천도서

58. 우리들의 사춘기 김인해 지음
겉으로 잘 드러나지 않는 소년들의 감성을 날카롭게 포착하여 진솔하고 강렬하게 그려낸 '소년들을 위한' 소설집. 표제작을 비롯한 여섯 편의 단편청소년소설을 담고 있다.
★ 국립어린이청소년도서관 사서 추천도서 ★ 한국문화예술위원회 우수문학도서

59. 여우 소녀 미랑 김자환 지음
조선시대 임진왜란 발발 즈음의 여수 지방을 배경으로, 구미호에게 아버지를 잃은 묘남과 구미호의 딸 여우 소녀 미랑의 애틋한 사랑 이야기를 담고 있다.
★ 새벗문학상 수상작가

60. 얼음이 빛나는 순간 이금이 지음
아이와 어른의 경계에서 몸살을 앓던 두 소년이 5년 뒤 전혀 다른 풍경을 띠게 된 각자의 삶을 응시한다. 우연으로 시작해 선택으로 이루어지는 인생의 내밀한 진실을 담았다.
★ 윤석중문학상 수상작가 ★ 학교도서관저널 추천도서

61. 택배 왔습니다 심은경 지음
질풍노도를 겪는 청소년과 그의 가족, 친구, 사회의 풍경을 그린 여섯 편의 단편청소년소설. 건강하게 자립하고 따뜻하게 소통할 줄 아는 인물들의 모습에서 희망을 엿볼 수 있다.
★ 한국문화예술위원회 우수문학도서 ★ 학교도서관저널 추천도서 ★ 아침독서 청소년 추천도서

63. 나에게 속삭여 봐 강숙인 지음
어느 날 갑자기 죽음을 맞이한 열일곱 살 소년 서준과 혼령의 기를 느끼는 소녀 아리 그리고 서준의 쌍둥이 여동생 유주가 각자의 방법으로 성장해 나가는 청소년 판타지소설.
★ 윤석중문학상 수상작가 ★ 학교도서관저널 추천도서

64. 아버지의 알통 박형권 지음
촌스러운 아빠와 바닷가 마을에 살게 되면서 정직하게 일하는 사람들을 만나며 한층 성장해 가는 주인공의 이야기가 유쾌한 감동을 선사한다.
★ 한국안데르센상 수상작가

65. 나는 나다 안오일 지음
청소년들에게 자신의 꿈이 무엇인지 알게 해 주어 스스로 자신의 삶에 당당하게 맞서는 모습을 보고 싶다는 작가의 바람을 담은 청소년시 57편이 실려 있다.
★ 제8회 푸른문학상 수상작가

66. 순희네 집 유순희 지음
순희네 집에 얽힌 가슴 아프지만 따뜻한 이야기와 성장통을 겪는 순희의 모습을 작가 특유의 섬세한 문장 안에 담아낸 자전적 소설이다.
★제14회 MBC 창작동화대상 수상작　★제8회 푸른문학상 수상작가　★한국출판문화산업진흥원 선정 세종도서

67. 첫 키스는 엘프와 최영희 지음
제11회 푸른문학상 수상작가의 첫 청소년소설집으로, 미래에 대한 압박감에 갇혀 십 대 시절을 보내는 오늘의 청소년들에게 부치는 편지 같은 소설 여섯 편을 묶었다.
★제11회 푸른문학상 수상작가　★아침독서 청소년 추천도서　★어린이도서연구회 청소년 권장도서

71. 우리는 가족일까 유니게 지음
5년 만에 엄마와 함께 미국에서 돌아온 동생으로 인해 방황하는 열일곱 살 소녀의 성장기를 그렸다. 고통스러운 시간을 함께 이겨 내는 가족의 소중함을 다시금 일깨워 준다.
★한국출판문화산업진흥원 선정 세종도서　★서울시교육청 어린이도서관 청소년 권장도서

73. 신라 공주 파라랑 김정 지음
고대 페르시아 서사시 「쿠쉬나메」의 시공간을 배경으로 한 역사소설. 낯선 이국 땅 페르시아로 건너가 사랑으로 고난을 극복하는 신라 공주 파라랑의 삶은 희망이라는 인간 본연의 메시지를 전한다.
★제1회 푸른문학상 수상작가　★학교도서관저널 추천도서

74. 옥상에서 10분만 조규미 지음
제10회 푸른문학상 수상작가의 첫 청소년소설집으로, 관계 속에서 사소한 말이나 장난이 큰 사건이 되어 돌아왔을 때 겪게 되는 고민과 갈등을 섬세하게 다룬 소설 다섯 편을 묶었다.
★제10회 푸른문학상 수상작가　★아침독서 청소년 추천도서　★학교도서관사서협의회 추천도서

75. 별에서 별까지 신형건 지음
지난 30여 년간 아이들과 어른들 모두에게 사랑받는 동시를 써 온 시인의 작품 중 특별히 청소년들에게 공감을 살 만한 시들을 골라 엮었다. 자극적이지 않은 언어로 마음을 어루만지는 청소년시집.
★대한민국문학상 수상작가　★한국출판문화산업진흥원 청소년 권장도서

76. 뱅뱅 김선경 지음
어른들은 몰라서 더 재미있는 진짜 우리 이야기, 지금 청소년들의 속마음을 거침없이 그려 낸 개성 강한 청소년시집. 긴 방황의 끝에서 진정한 자신을 찾기를 바라는 시인의 바람이 담겼다.
★어린이도서연구회 청소년 권장도서　★아침독서 청소년 추천도서　★학교도서관사서협의회 추천도서

77. 우리들의 실연 상담실 이수종 지음
실연 극복 프로젝트에 참가하는 다섯 명의 아이들이 서로를 보듬으며 사랑의 아픔을 극복하는 과정을 담았다. 청소년들의 마음결을 다독이는 위로의 목소리는 다시 사랑할 에너지를 불어넣는다.
★제12회 푸른문학상 수상작가　★학교도서관사서협의회 추천도서

78. 연애 세포 핵분열 중 김은재 지음
꽃보다 아름다운 열일곱 살 청춘들이 진정한 사랑을 찾기 위해 나섰다. 아름다운 사랑을 꿈꾸지만, 사랑에 서툴러 좌충우돌, 고군분투하는 청소년들의 성장을 그린 여섯 편의 청소년소설을 한데 엮었다.
★제13회 푸른문학상 수상작가　★학교도서관저널 추천도서　★아침독서 청소년 추천도서

79. 데이트하자! 진희 지음
옴니버스 형식으로 구성된 다섯 편의 단편으로 이야기의 구조적 완결성과 섬세한 심리 묘사가 뛰어나다. 청소년 특유의 발랄한 일상과 그 안에 깃든 고민, 성장통을 따뜻한 시선으로 담아냈다.
★제13회 푸른문학상 수상작가　★학교도서관저널 추천도서　★울산남부도서관 올해의 책

■ 푸 른 도 서 관 ■

80. 세 번의 키스 유순희 지음
현대 미디어의 중심이 된 '아이돌'과 그들의 일거수일투족을 놓치지 않으려는 '사생팬'의 심리를 날카롭게 포착했다. 언젠든 다시 출발선에 설 수 있는 청춘의 무한한 가능성을 깨닫게 한다.
★제8회 푸른문학상 수상작가　★국어 교과서 수록작가

81. 파란 담요 김정미 지음
「스키니진 길들이기」로 제12회 푸른문학상 '새로운 작가상'을 수상하며 깊은 인상을 남겼던 김정미 작가의 첫 청소년소설집. 청소년들의 다양한 고민들을 폭넓게 아우른 여섯 편의 소설이 그들의 상처입은 마음을 따스하게 위로한다.
★한국문화예술위원회 문학나눔 선정도서　★학교도서관저널 추천도서　★학교도서관사서협의회 추천도서

82. 그 애를 만나다 유니게 지음
완벽하다고 믿었던 일상이 한순간에 무너진 순간, '그 애'가 나타난다. 그 애와 함께하는 동안 자신이 진정으로 바라는 모습이 무엇인지 고민하며, 절망을 희망으로 바꾸어 나가는 주인공의 성장기가 진한 감동을 선사한다.
★아침독서 청소년 추천도서　★학교도서관저널 추천도서　★학교도서관사서협의회 추천도서

83. 너를 읽는 순간 진 희 지음
바쁜 현대의 삶 속에서 따뜻하게 보살핌받지 못하는 우리 청소년들의 아픔과 외로움을 고스란히 담았다. 주인공 '영서'를 향한 다섯 인물들의 연민과 동정, 질투나 죄책감 같은 본연의 감정들이 엇갈리듯 그려진다.
★한국문화예술위원회 문학나눔 선정도서　★대한출판문화협회 해외전파사업 선정도서

84. 기린이 사는 골목 김현화 지음
타인의 고통에 둔감한 현대인들의 마음속 순수의 세계를 밝혀 줄 이야기. 아픔과 슬픔을 공유하고 건강한 성장통을 앓는 열다섯 살 선웅, 은형, 기수의 가슴 따뜻한 이야기가 펼쳐진다.
★제5회 푸른문학상 수상작가　★아침독서 청소년 추천도서

85. 불량한 주스 가게 유하순 지음
엉뚱하고 변덕스러운 에너지가 넘치는 청소년들의 '오늘'을 포착했다. 무한대로 확장될 수 있는 경이로운 이야기를 품은 청소년들을 응원하게 만드는 다섯 편의 단편소설 모음.
★제9회 푸른문학상 수상작 수록

＊〈푸른도서관〉시리즈는 계속 나옵니다!